Régulièrement primée, **Kira Sinclair** est également double vainqueur du National Reader's Choice Award. Elle aime écrire des histoires d'amour sensuelles, mettant en scène des héros sexy et puissants, ainsi que des héroïnes passionnées et déterminées. Son premier plongeon dans la fiction remonte à son cours d'anglais, au lycée, où elle a dû lire à voix haute l'histoire d'amour qu'elle venait d'écrire. C'est ce qui l'a décidée dans son choix de carrière.

Désir masqué

KIRA SINCLAIR

Désir masqué

Traduction française de
LOU DECIMES

Sexy

H HARLEQUIN

Collection : SEXY

Titre original :
CAPTIVATE ME

HARPERCOLLINS FRANCE
83-85, boulevard Vincent-Auriol, 75646 PARIS CEDEX 13
Service Lectrices — Tél. : 01 45 82 47 47

www.harlequin.fr

ISBN 978-2-2803-6300-6 — ISSN 2426-7945

— Touche-moi.

— Maintenant ? Ici ? Alors que n'importe qui pourrait nous voir ?

Déglutissant avec peine, Alyssa fit oui de la tête. Peu lui importait. Elle était au-delà de ça. Mardi gras était la nuit de toutes les folies, se dit-elle pour se justifier.

Un grondement douloureux résonna dans la poitrine de l'inconnu, dont l'écho se répercuta sur sa peau.

Elle lui rendit son baiser dévorant en y mettant tout le manque d'amour qu'elle ressentait. Plus que simplement se plier à ses désirs, elle voulait un morceau de lui. Elle planta ses dents dans sa lèvre inférieure et laissa sa langue s'aventurer dans sa bouche, curieuse d'en connaître le goût.

Jusqu'à ce qu'il la repousse.

— La nuit dernière, je suis rentré chez moi frustré : après avoir joué avec moi, tu m'as écarté. A mon tour de te laisser en plan.

Elle ne s'était donc pas trompée sur son compte,

malgré une imagination fatiguée que le besoin d'affection rendait prompte à s'emballer.

— Par contre, je ne te laisserai pas en proie à la même torture que moi : crois-moi, un jour viendra où nous terminerons ce que nous avons commencé.

Chapitre 1

Accoudé à la balustrade, Beckett Kayne regardait la foule grossir à ses pieds depuis le balcon où il se trouvait. Un mélange d'absurdité et d'obscénité, voilà ce qu'était le quartier français de La Nouvelle-Orléans pendant mardi gras. A côté de femmes très légèrement vêtues circulaient des hommes dans des costumes de chat ou montés sur des échasses, tandis que des évangélistes hurlaient à la foule des mises en garde contre les dangers du péché.

L'excès et l'excitation régnaient en maîtres, dans une atmosphère de danger omniprésent… parce que tout, absolument tout pouvait arriver — et tout arrivait.

Dans cette marée humaine, le seul moyen d'avancer était de se coller à de parfaits inconnus. Chaleur et hédonisme.

L'espace était saturé de musique, de voix fortes et de rires aigus.

La fête battait son plein autour de Beckett. Mais cela ne le touchait pas — contrairement à Mason, visiblement. A côté de lui, son meilleur ami depuis l'enfance brandissait des colliers à LED clignotants. Aguicheur, il les secoua en direction de la foule.

Deux femmes en courte jupe évasée et bustier pouffèrent en les regardant d'un œil intéressé mais vide. Complètement soûles, de toute évidence, elles s'accrochaient l'une à l'autre pour ne pas tomber à la renverse.

— Vous savez ce qu'il vous reste à faire si vous en voulez un, leur lança Mason d'un ton provocant.

L'une des deux femmes fit lentement non de la tête — enfin, si on pouvait vraiment utiliser le terme de « femmes » pour les qualifier. A vrai dire, Beckett aurait été surpris qu'elles soient majeures. En tant que propriétaire de boîtes de nuit dans de nombreuses grandes villes américaines, il était passé expert dans l'art de repérer les mineurs.

La brune fit la moue.

— On peut pas.

Tirant sur son haut, elle ajouta :

— C'est trop serré.

Le sourire de Mason se fit plus séducteur.

— Vous avez bien autre chose à me montrer.

Dans ces moments-là, Beckett se demandait sérieusement pourquoi il ne s'était pas éloigné de Mason à la fin de leurs années de beuveries débridées. C'est vrai qu'à l'époque lui aussi aurait tenté de pousser de jeunes étudiantes à les faire profiter du spectacle des atouts que le bon Dieu leur avait donnés.

Mais, à trente-deux ans, ça ne l'amusait plus. Il se sentait vieux par rapport à ces gamines au regard langoureux.

Vaguement dégoûté — il savait très bien comment tout ça allait se terminer —, il observa leurs messes basses et les rapides coups d'œil qu'elles jetèrent dans leur direction. Puis elles leur tournèrent le dos. Beckett aurait aimé qu'elles s'en aillent, mais savait qu'il n'en serait rien.

En effet, il les vit se baisser et relever leurs jupes, offrant à leur vue des fesses quasi nues.

Mason poussa un sifflement admiratif, et lâcha sur elles

une pluie de colliers, de fausses pièces de monnaie et de babioles bon marché.

Beckett soupira. Les excès de la soirée commençaient sérieusement à lui taper sur les nerfs. A moins que ce ne soit plutôt sa mauvaise humeur chronique des dernières semaines qui fasse encore des siennes. Ces derniers temps, il se sentait… blasé.

Plutôt que de lancer une pique à Mason — qu'il risquait de regretter —, il avala une généreuse gorgée de l'excellent scotch qu'il s'était servi. L'alcool lui glissa dans la gorge, brûlant au passage les mots qui menaçaient de s'échapper.

Il ne voulait pas être là. Il avait bien essayé de dire à Mason qu'il serait de mauvaise compagnie, mais son ami l'avait fait culpabiliser et il avait cédé. Difficile de se dérober à une fête privée donnée par un de ses partenaires.

Il fronça les sourcils — ce qui lui arrivait bien trop souvent ces derniers temps, mais c'était plus fort que lui : il n'arrivait pas à ne pas penser au travail… et à comment tout était en train de lui filer entre les doigts. Il n'avait pas l'habitude qu'on l'ignore ou qu'on l'écarte, et pourtant c'était exactement ce qu'était en train de faire V & D Mobile Technology.

Mais plus pour très longtemps. Demain, tout serait fini.

— Sans déconner, tu fais peur aux filles, là ! Arrête de te prendre la tête, c'est mardi gras, lui hurla Mason.

Mardi gras… Comme s'il aurait pu l'oublier avec la musique, le monde et le masque qu'il portait ! Non, impossible d'ignorer l'atmosphère de débauche qui régnait dans la ville, sombre et si délicieusement douce à la fois…

Les deux filles s'éloignèrent, mais Mason était déjà passé à autre chose : à quelques mètres d'eux, deux autres jeunes femmes parées de masques à plumes et tanguant de droite et de gauche sur des talons vertigineux avaient relevé leur haut, dévoilant leur poitrine nue. Mason déversa sur elles une averse de perles et de colifichets, accompagnés de sifflements.

Charmant. Beckett détourna le regard, le ventre serré de dégoût. Profitant de la distraction de Mason, il se rencogna dans l'ombre du balcon. L'immense bâtiment sur lequel il se trouvait était divisé en plusieurs grandes maisons de ville, aux balcons longs et étroits. Aux deuxième et troisième étages, ceux-ci faisaient tout le tour du bâtiment. La plupart des invités se serraient sur la partie donnant sur la rue, afin de pouvoir profiter de la fête. Beckett avança jusqu'à l'angle qui donnait sur une petite impasse privée. Il avait besoin d'un moment de calme pour combattre un mal de tête qui risquait fort de se transformer en migraine. S'adossant au mur de briques crues, il posa un pied sur la rampe métallique aux savants motifs qui courait devant lui et ferma les yeux. Il inspira profondément, prit une nouvelle gorgée de scotch, et sentit certains des nœuds contractant ses omoplates se défaire.

La musique lui parvenait toujours mais il se tenait désormais au-dessus d'une allée dont l'accès était contrôlé. Pendant mardi gras, tous les immeubles du centre historique sans grilles — voire parfois ceux avec — étaient pris d'assaut par la foule. L'endroit dans lequel il se trouvait était suffisamment hors de prix pour disposer d'un système de sécurité complet : hautes grilles, verrous électroniques et caméras de surveillance.

L'allée était déserte, peuplée seulement d'ombres, de poubelles et d'un chat noir qui le fixait de ses larges yeux jaunes. Beckett savourait sa solitude silencieuse tout en se préparant à devoir retourner à la décadence. Soudain, une lumière s'alluma dans un des appartements d'en face.

Surpris, il dirigea son regard dans cette direction… et resta les yeux rivés sur la fenêtre illuminée.

Le balcon sur lequel il se trouvait surplombait l'appartement en question ; il n'avait donc qu'à baisser les yeux pour profiter du spectacle.

Une chambre.

La chambre d'une femme.

Illuminée d'une lumière bleue, verte et violette qui émanait d'une lampe de chevet à l'abat-jour en vitrail.

Des ombres jouaient sur les murs vert clair et sur le sol lisse d'une teinte sombre. Le mobilier, robuste, ancien, paraissait chargé d'histoire. Un lit à baldaquin en bois doré recouvert d'un nuage de coussins moelleux, brillant comme des pierres précieuses, occupait la majeure partie de la chambre. Séduisante et confortable, la pièce était comme une fastueuse invitation qu'il aurait aimé pouvoir accepter.

Mais c'était autre chose qui avait retenu son regard.

Elle se tenait debout, de dos, dans le cadre de la fenêtre. La douce lumière de la lampe de chevet glissait sur son corps, la peignant de touches de couleurs éthérées qui donnaient à sa silhouette un air tragique et rêveur, irréel. C'était peut-être pour ça qu'il continuait à regarder. Sa raison s'alarmait de cette intrusion dans l'espace privé de quelqu'un d'autre, mais cette femme dégageait quelque chose…

La tête de la jeune femme bascula en avant, comme si elle était trop fatiguée pour la tenir. Ses épaules s'affaissèrent. Il les vit se soulever et s'abaisser au rythme de soupirs irréguliers. Ces soupirs, qu'il était incapable d'entendre, le touchèrent en plein cœur.

Elle se retourna légèrement, lui offrant son profil. Elle était superbe, avec son petit nez retroussé, son menton élégant, ses lèvres pleines. Ses cheveux souples lui tombaient sur les épaules, leur masse d'un châtain doré capturant la lumière. Il n'avait qu'une envie : les faire glisser dans son dos, afin de dégager sa gorge pour la caresser de ses doigts.

L'inconnue ferma les yeux et renversa sa tête en arrière. L'épuisement se lisait sur toutes les lignes de son corps… et elle n'en était que plus belle. Beckett avait envie de la toucher, de la tenir dans ses bras, comme pour se charger à sa place de son fardeau et de sa fatigue.

Les mains de la jeune femme remontèrent lentement le long de son corps, s'arrêtant au premier bouton de son chemisier, qu'elle défit d'un geste sûr. Avant de s'attaquer au deuxième. Puis au troisième. Le haut de son soutien-gorge rouge vif apparut bientôt, ainsi que la naissance de sa poitrine d'une pâleur merveilleuse.

Le corps de Beckett se tendit d'un coup. Peut-être ressentait-il enfin les premiers effets de l'atmosphère hédoniste qui régnait ce soir-là. Comment expliquer autrement, alors même que son cerveau lui criait de détourner son regard et de laisser à la jeune femme l'intimité qu'elle pensait avoir, qu'il n'en fasse rien ?

D'autant que les doigts agiles continuaient leur descente, dévoilant toujours plus. Incapable de rester immobile plus longtemps, Beckett ramena sa jambe à terre. Quelques instants plus tôt, c'était sa tête qui le lançait ; la douleur avait désormais migré vers le sud.

Cela faisait longtemps qu'il n'avait pas éprouvé ce genre de réaction physique immédiate pour une femme. Il passait la plupart de ses nuits dans le voisinage de femmes à moitié ivres, prêtes à tout… ce qui l'avait un peu blasé. Après des années passées à jouer au chat et à la souris, il en avait plus qu'assez… Peut-être était-ce justement l'innocence qui se dégageait de la jeune femme qui l'attirait ? Ou le fait qu'elle ne jouait pas ? Elle était elle-même, naturellement sensuelle.

Beckett s'appuya contre la rampe du balcon, se pencha légèrement en avant. Il était bien conscient que c'était stupide : il ne pouvait pas faire disparaître l'espace qui les séparait. Pas vraiment. Si ce n'est par son regard.

Il voulait être celui mettant au jour sa peau douce. Celui la déshabillant lentement, comme si elle était un cadeau qu'il attendait depuis longtemps. Il voulait faire courir ses doigts sur son corps. Entendre sa respiration se troubler lorsqu'il effleurerait une zone particulièrement sensible. Observer ses pupilles se dilater sous le plaisir.

L'envie de la toucher était si forte que ça en devenait presque effrayant... mais pas suffisamment pour qu'il se détourne. A vrai dire, à ce stade, il n'était pas sûr que quoi que ce soit puisse le forcer à s'en aller.

Soudain, la jeune femme releva brusquement la tête et plongea ses yeux dans les siens. Peut-être son changement de position avait-il attiré son attention, à moins qu'elle n'ait fini par sentir sur elle le poids de son regard chauffé à blanc. Elle esquissa un mouvement de surprise et ses seins se soulevèrent, gonflant un peu plus la dentelle de son soutien-gorge. Ses doigts se figèrent sur son chemisier et Beckett releva lentement le regard vers son visage. Un visage sur lequel se succédèrent la surprise, la gêne, puis de la colère, avant de laisser place à quelque chose de plus sombre et... inavouable.

La tête légèrement inclinée, elle semblait réfléchir.

Elle n'avait ni hurlé ni fait claquer les volets.

Ses yeux toujours plongés dans ceux de la jeune femme, Beckett se laissa aller contre le mur, comme s'il s'installait pour le spectacle à venir, et croisa les bras. Levant un sourcil, il la mit au défi de continuer et retint sa respiration, tout sauf assuré qu'elle le fasse.

Il était tard. Partout régnait la folie qui s'installait lors du dernier week-end avant mardi gras. Peut-être en subissaient-ils tous les deux l'influence, car elle se tourna vers lui avec une lenteur déchirante, lui faisant désormais complètement face. Sans le quitter du regard, elle défit avec lenteur les derniers boutons. Sa chemise s'ouvrit mollement. Beckett plissa les yeux, déterminé à saisir les moindres détails de son corps malgré la nuit et la distance qui les séparait.

Un ventre plat, de superbes étendues d'une peau parfaite couleur crème. Il nota que sa poitrine et sa gorge s'étaient légèrement teintées de rose. Etait-ce de la gêne ? De l'excitation ? Les deux ?

Tirant les manches de sa chemise jusqu'à ses poignets, elle laissa le tissu léger glisser le long de sa peau, jusqu'à ce qu'il tombe en flaque à ses pieds.

Les bonnets de son soutien-gorge étaient tendus par ses seins ronds dont il devinait le haut des aréoles, d'un rose foncé, profond, la couleur des framboises. Sa peau en avait-elle également le goût, à la fois acide et sucré ?

De la dentelle fleurissait son soutien-gorge. L'image de ses tétons, sensibles, caressés par le tissu s'imposa à son esprit et il retint son souffle. Deux très fines bretelles retenaient le soutien-gorge, donnant l'impression de pouvoir se rompre à tout moment. Jamais il n'avait autant souhaité qu'un tissu cède…

Elle se tourna, brisant le charme et Beckett fit instinctivement un pas en avant, retenant une protestation. Mais, avant qu'il n'ait eu le temps de se demander ce qu'il ferait si elle disparaissait, là, maintenant, il se rendit compte que, loin d'en rester là, elle lui offrait maintenant son dos. Sur sa peau d'ivoire, de longues lignes encrées déroulaient leurs volutes. Du noir, du bleu et du violet s'entremêlaient pour former sur ses côtes une image qu'il ne pouvait voir en entier mais dont il devina la nature. Des ailes délicates, un corps diaphane, des cheveux ondoyants. Tout comme elle, l'agile petite fée avait le dos tourné, ne montrant que sa nuque.

Etrangement, sa poitrine se serra à la vue du tatouage. Il lui rappelait la manière dont elle était entrée dans sa chambre, sa fatigue et son air si triste.

Mais il n'eut pas le temps de s'attarder sur cette pensée ; l'inconnue fit glisser ses paumes le long de sa jupe, comme pour la lisser. Le tissu la moulait dans une étreinte qu'il aurait aimé reproduire de ses mains. Beckett serra les poings.

La jupe tombait juste au-dessus du genou, ce qui donnait à l'ensemble une longueur respectable, mais elle était si ajustée qu'il compatissait sincèrement avec les pauvres types qui travaillaient avec cette femme et la voyaient aller et venir dans cette tenue. Il était prêt à parier que la plupart d'entre eux auraient donné n'importe quoi pour ne serait-ce qu'apercevoir ce qu'il y avait dessous.

Elle fit un pas en avant, dévoilant la naissance de ses cuisses à travers la fente de sa jupe. Le grognement que Beckett ravala n'avait cette fois-ci rien à voir avec la peur que la magie cesse. Sous le tissu, il devinait des ombres qui promettaient bien plus que ce qu'elle lui laissait voir. Bon sang, cet espace laissé à l'imagination le mettait à la torture.

La bouche sèche, Beckett serra les poings plus fort. Il voulait goûter son corps. Découvrir l'odeur musquée de son désir et appuyer son visage à cet endroit envahi d'ombres.

Comme si elle devinait l'effet qu'elle lui faisait, elle tourna la tête et planta son regard dans le sien, par-dessus son épaule. Puis elle saisit la fermeture Eclair de sa jupe. Centimètre par centimètre, avec une lenteur insoutenable, elle fit glisser le tissu le long de ses jambes, dévoilant une culotte d'un rouge éclatant, assortie à son soutien-gorge.

Ses courbes arrondies, recouvertes de satin et de dentelle, avaient quelque chose d'à la fois chaste et appétissant, une contradiction qui s'incarnait en elle par un mélange d'innocence charmante et de séduction irrésistible.

Beckett était tellement concentré sur ses formes qu'il mit quelques instants à prendre conscience qu'elle portait des bas.

Sainte Marie mère de Dieu !

La dentelle qui s'enroulait autour de ses cuisses tenait fermement en place. Il sentait presque la texture soyeuse des bas contre ses paumes, contre ses côtes, elle allongée sur ce lit qu'il devinait derrière elle, et lui allant et venant dans l'étau de ses cuisses… Il déglutit. Bruyamment. Sans le quitter des yeux, elle esquissa un léger sourire moqueur. Elle savait parfaitement ce qu'elle lui faisait !

Bon sang. Ça faisait longtemps qu'une femme avait eu l'ascendant sur lui. Comment avait-elle réussi son coup alors que plusieurs mètres et une vitre les séparaient ?

Elle s'éloigna de la fenêtre, lui offrant le spectacle de son corps en pied. La vue était incroyable ! Des jambes de déesse, qu'il imaginait enroulées autour de sa taille. Des hanches se balançant sensuellement. De belles fesses fermes. Un tatouage — la preuve qu'elle n'était pas aussi collet monté que ce qu'on pouvait s'imaginer à première vue. Un dos long et élégant, des boucles rebelles dans lesquelles perdre ses mains, un corps fait pour être étreint.

Cette femme était une sirène, rien de moins.

Posant un pied sur le banc situé au pied de son lit, elle se pencha sur sa cuisse pour défaire ses bas. Ses seins se balancèrent, comme prêts à déborder de son soutien-gorge.

Beckett retint son souffle. Jamais il n'avait ressenti un

tel mélange de douleur et de désir, et de manque aussi… un manque d'une telle intensité qu'il se demanda soudain s'il le quitterait un jour.

Mais la jeune femme ne lui laissa pas le temps de s'attarder sur cette question ; elle lui jeta un regard par-dessus son épaule, l'observant de derrière ses cils tandis qu'elle enlevait soigneusement ses bas.

Son corps ondula légèrement, faisant remonter la dentelle de sa culotte — et lui donnant un aperçu plus complet de ses fesses splendides.

Beckett tressaillit. Son érection, pressée contre sa fermeture Eclair, lui faisait mal sur toute sa longueur. La tête lui tournait tant son sang se concentrait entre ses cuisses.

Il ne se rappelait pas avoir jamais autant désiré une femme. Il ne l'avait pas touchée et il ne connaissait pas son nom, mais quelle importance ? Quelque chose en elle l'attirait.

Il rêvait de goûter sa peau. De l'entendre gémir, respirer plus fort quand il entrerait en elle. De la combler et de leur faire éprouver à tous deux une extase insoutenable.

Ses mains se serrèrent autour de la rampe, à la recherche d'une ancre qui l'empêcherait de sombrer corps et biens dans ses fantasmes.

La dévorant des yeux, il la vit se redresser et revenir à la fenêtre. Elle se mit à l'étudier d'un regard brûlant, chargé de bien plus que du désir. C'était comme si elle pouvait lire en lui. Voir à quel point il était seul, alors même qu'il était toujours entouré.

Parce qu'elle était aussi seule que lui.

Il s'attendait à ce qu'elle s'arrête devant la fenêtre, enlève son soutien-gorge peut-être, ou lui fasse signe de venir la rejoindre pour finir ce qu'ils avaient commencé. Mais il n'en fut rien. Elle plaqua ses seins à la vitre. La pointe de ses seins, deux petits boutons fermes, tendus par le même désir que celui qui ravageait son corps, était visible à travers le satin de son soutien-gorge. Elle était de toute évidence aussi excitée que lui.

Il le voyait à la lueur désespérée qui brillait au fond de ses yeux, à la rougeur de sa peau et à la manière languide, presque liquide, dont elle se déplaçait.

Elle étendit les bras en croix et se mit à se balancer, ondulant des hanches, du torse, comme pour mieux l'inciter à la toucher.

C'est alors que les volets s'abattirent.

S'adossant au mur jouxtant sa fenêtre désormais barrée par les larges lattes de ses persiennes, Alyssa Vaughn se laissa glisser à terre. Elle accueillit avec plaisir le froid du plancher ciré. Avec un peu de chance, il calmerait le brûlant tremblement de son corps.

A quoi avait-elle bien pu penser ?

A rien. Et c'était bien le problème.

Elle enfouit sa tête dans ses genoux et ferma les yeux. La silhouette de l'inconnu s'imposa aussitôt à son esprit. Le regard sombre et intense de l'homme avait embrasé son corps, la laissant pantelante. Elle n'avait aucune idée de qui il était : son visage était à moitié dissimulé par un masque aux couleurs éclatantes et son corps était resté caché derrière un costume noir parfaitement coupé. Mais cela ne l'avait pas empêchée de deviner le feu et la force qu'il avait en lui, visibles dans ses longs doigts fins et dans le pli qu'imprimaient les muscles de ses cuisses au tissu souple de son pantalon.

Il avait l'élégance dangereuse du félin, dont la puissance et la beauté devenaient mortelles s'il était menacé.

Ce soir, elle avait senti quelque chose remuer en elle.

L'homme ne l'avait pas quittée des yeux un seul instant, comme si rien d'autre n'existait que ce qu'elle lui montrait. Que ce qu'ils partageaient.

Sous son regard, elle avait senti une excitation folle l'envahir, mais pas seulement. Ce qu'elle éprouvait allait bien plus loin qu'une simple envie physique. C'était un désir irrépressible. Un manque oublié depuis longtemps.

Inspirant à travers ses dents serrées, Alyssa fit basculer sa tête en arrière jusqu'à ce qu'elle repose contre le mur. Les yeux posés sur son plafond gris bruyère, elle se concentra sur sa respiration jusqu'à ce qu'elle soit redevenue lente et égale.

Il n'y avait rien de grave. Elle s'était arrêtée à temps. Avant de donner libre cours à cette sauvagerie en elle qui lui faisait si peur et qu'elle avait toujours maintenue sous contrôle.

Des sous-vêtements ne montraient rien de plus que la plupart des maillots de bain... elle n'avait donc rien fait de mal. Mais alors, pourquoi ce mélange écœurant de culpabilité, d'exaltation et de consternation ?

L'inconnu ne pouvait pas l'avoir reconnue. Il était tard, il faisait nuit, et seule la lumière diffuse de sa petite lampe de chevet avait éclairé la scène. Lui portait un masque et se tenait à plusieurs mètres de distance, dans un coin rempli d'ombres. Ils se seraient rentrés dedans en pleine rue qu'ils ne se seraient pas reconnus.

C'était mardi gras et elle s'était laissée aller à un instant de folie, voilà tout. Un moyen d'évacuer la tension et la pression accumulées au fil de la journée.

Il était grand temps de passer à autre chose. Enfin, dès qu'elle se serait occupée de toute cette énergie sexuelle qu'elle sentait vibrer au creux de ses cuisses.

Et, si jamais, au moment d'apporter une conclusion à

ce qu'ils avaient commencé, elle se figurait l'inconnu la dévorant du regard au moment précis où elle se sentirait partir, personne ne le saurait jamais — lui encore moins que quiconque.

Chapitre 2

Beckett avait voulu que V & D soient désespérés et ils étaient désespérés.

Malheureusement, lui aussi. Même s'il était bien décidé, alors qu'il entrait dans leurs luxueux bureaux, à ne rien laisser paraître.

Il avait tellement besoin de l'application web qu'ils avaient développée qu'il l'aurait achetée à n'importe quel prix. Elle allait changer la donne, faire de ses boîtes de nuit, qui marchaient déjà très bien, des endroits de légende. Il voulait que le nom de sa chaîne, « A découvert », soit aussi connu que celui de Studio 54, et que les gens le prononcent avec émerveillement et envie.

Oui, il voulait célébrité et argent, les seules preuves irréfutables de succès dans la vie. Plus, il en avait besoin. Il en avait plus qu'assez du goût amer de la souffrance.

Bien des choses avaient changé au cours des quatorze dernières années. A dix-huit ans, il avait été chassé de l'immense manoir dans lequel il avait toujours vécu ; ce retournement de situation, qui lui avait fait tout perdre, l'avait blessé, mais pas autant que l'indifférence de son père.

Il s'était retrouvé les mains vides, sans la moindre expérience, à squatter chez les uns et chez les autres en traînant derrière lui un sac-poubelle rempli de ce que son père avait bien voulu le laisser emporter. Mais il avait vite compris qu'il ne pourrait pas vivre longtemps comme ça. Il n'était sans doute pas le premier à qui cela arrivait mais, pour quelqu'un élevé dans la soie, le premier jour jeûné est toujours brutal.

Les faux papiers d'identité dont il se servait pour aller en boîte lui avaient permis de convaincre le propriétaire d'un établissement sordide de lui donner sa chance. Il avait commencé comme barman, mais avait vite compris que ça ne suffirait pas.

En six mois, son charme naturel et ses qualités de dirigeant lui avaient valu d'être nommé gérant. Mais, comme partager les profits avec un alcoolique trop imbibé pour comprendre qu'il perdait de l'argent ne correspondait pas exactement à l'idée qu'il se faisait de son avenir, il avait économisé pour pouvoir ouvrir son propre club.

Quatre ans plus tard, soit un an exactement après sa majorité, il avait finalement réussi à ouvrir dans le Warehouse District de La Nouvelle-Orléans le premier club « A découvert ». L'ambiance à la fois funky et éclectique qui y régnait avait rapidement séduit les foules.

Deux ans plus tard, un deuxième club voyait le jour à New York, puis d'autres à LA, à Nashville, à Chicago et à Seattle. Il était aujourd'hui le propriétaire de douze boîtes de nuit. Mais il voulait plus.

Une voix en lui se demandait s'il en aurait jamais assez. Si le succès et la stabilité suffiraient un jour à effacer le désespoir de ses premières années. D'autant que son père se faisait un malin plaisir de lui rappeler le raté qu'il avait été, et d'insister sur l'aspect racoleur et bas du commerce grâce auquel il avait fait fortune.

Beckett retint un soupir d'agacement.

Son père aussi avait pourtant eu des débuts difficiles ! Certes, il était devenu milliardaire à la seule force de ses bras. Mais c'était une vraie enflure, un type sans pitié, un chacal prêt à manger ses petits pour préserver sa position et sa fierté.

Beckett voulait simplement frapper les esprits, peu importait comment. Il n'était pas plus gêné que ça de vendre de l'alcool et de mettre à disposition d'individus complètement désinhibés des endroits sombres où assouvir leurs désirs.

Le sexe et le sensationnalisme vendaient. Et c'était précisément la raison pour laquelle il avait besoin de la nouvelle application de V & D. Il était très heureux d'être le propriétaire de douze boîtes de nuit. Mais permettre à n'importe quel utilisateur de smartphone d'avoir l'impression de se trouver au milieu d'un de ses clubs… ça voulait dire que toutes les villes des Etats-Unis, non, du monde, allaient devenir une nouvelle source de revenus ! Bon sang… Des millions de gens se connectant pour profiter du spectacle et entrer en contact les uns avec les autres !

Mais V & D refusait de prendre sa demande en considération.

Ce qui avait le don de le mettre en rogne.

Cela faisait longtemps qu'il n'avait plus eu affaire à quelqu'un de suffisamment idiot pour lui manquer aussi ouvertement de respect. Après tout le mal qu'il s'était donné pour les approcher, V & D s'amusait encore à le traiter comme un enfant de dix ans renvoyé à la table des petits pour le repas de Noël. A l'écarter, comme s'il était insignifiant. C'était ça plus que tout le reste qui, comme si l'affront s'était logé sous sa peau, le démangeait et le brûlait de l'intérieur.

Ils devaient maintenant avoir compris leur erreur. Lui,

Beckett Kayne, était loin d'être insignifiant, et il les tenait désormais à sa merci.

Ils ne voulaient pas entendre raison ? Très bien, il se servirait donc sans leur demander leur avis.

Beckett se délectait par avance du spectacle de leur humiliation. Mais il attendait surtout de leur rencontre qu'ils lui donnent les raisons pour lesquelles il avait été exclu des négociations.

Il détestait ne pas comprendre. Ça lui donnait l'impression d'être vulnérable. Ce qu'il ne pouvait se permettre.

Le rythme cardiaque de Beckett accéléra quand il posa la main sur la poignée de la salle de conférences. Il laissa libre cours pendant un très bref instant à l'excitation qu'il éprouvait. Un sourire dansa sur ses lèvres. Puis il reprit le contrôle de ses émotions et se composa une expression neutre.

Il fit son entrée d'une démarche assurée, balayant du regard les personnes assises autour de la table de conférences. Et manqua trébucher.

Une vague d'adrénaline parcourut son corps tandis qu'un désir violent, viscéral, le submergeait. Il dut contracter tous ses muscles contre l'instinct qui le poussait à se précipiter de l'autre côté de la table, à arracher sans ménagement de sa chaise la femme qui le regardait, et à l'embrasser jusqu'à en perdre la raison.

Un instinct d'autant plus ridicule que son regard glacial laissait entendre qu'elle ne céderait pas si facilement à ses avances.

Bien. Ces années passées à apprendre à maîtriser chacune de ses émotions allaient lui servir à quelque chose. Secouant la tête pour se forcer à reprendre ses esprits, Beckett tira une chaise et s'assit face à ses interlocuteurs.

Il se laissa aller en arrière jusqu'à ce que son siège soit en léger déséquilibre, sa position préférée.

Il gratifia alors ses interlocuteurs d'un sourire étudié, plein de défi, et attendit qu'ils ouvrent la danse.

Il avait pensé à cette réunion toute la matinée, mais l'amusement face à leur déconvenue, teinté du plaisir de revanche, auquel il s'était préparé virait désormais à l'exaltation.

Et la jeune femme élégante, froide et de toute évidence très énervée qui lui faisait face n'y était pas pour rien.

Il avait bien évidemment fait des recherches sur les deux partenaires qui détenaient V & D, mais n'avait pas réussi à percer les secrets du V. Alors que le temps était aux médias sociaux, le mystérieux inconnu n'avait de compte ni sur Facebook, ni sur Twitter, ni sur Google +. Il avait trouvé ça étrange, d'autant plus que l'entreprise V & D essayait de se faire une place dans le marché high-tech.

V vendait une application de réseaux sociaux sans avoir un seul compte à elle, sans qu'il y ait la moindre photo ou vidéo de soirées étudiantes arrosées liées à elle sur YouTube. D'après la rumeur, elle veillait de très près à son intimité et préférait aux contacts humains son labo, ses ordinateurs et ses codes.

Beckett s'était plus ou moins préparé à devoir traiter avec une geek, qu'il s'était représentée comme une petite souris timide, à la peau laiteuse, dont les yeux seraient rouges du temps passé devant des écrans.

Au lieu de quoi, les yeux vert pâle de la jeune femme assise en face de lui étaient tout sauf brumeux : brillants d'intelligence et de colère, ils le fixaient intensément.

Elle portait un chemisier du même vert boutonné jusqu'au cou et un unique rang de perles. Ses cheveux longs et épais étaient relevés en un chignon serré, et une frange lui balayait le front.

Elle offrait l'image de la parfaite femme d'affaires un peu coincée prête à se jeter dans des eaux infestées de requins… si elle était sûre de gagner. D'ailleurs, si le sort n'en avait pas décidé autrement, peut-être s'y serait-il laissé prendre.

Mais elle n'avait plus de secrets pour lui.

La nuit précédente, dans le cadre d'une fenêtre solitaire du quartier français, il avait vu sa lingerie affriolante et sa peau nue, tatouée d'un dessin qui lui avait fendu le cœur.

Alyssa regarda Beckett Kayne pénétrer dans la pièce, puissant, imposant, sûr de lui. Elle s'était préparée au choc, en vain.

Quand il entra, elle eut l'impression que la salle se vidait de son oxygène en même temps que ses poumons, la laissant haletante.

Leur dernière rencontre remontait à plusieurs années, mais les conséquences qu'elle avait eues sur sa vie étaient de taille. Oh ! bien sûr, elle aurait parié tous les profits de l'année à venir que Beckett n'avait aucun souvenir de qui elle était… ni qu'il l'avait un jour embrassée en mettant la main sous sa jupe.

Ni qu'il l'avait humiliée.

Elle avait alors seize ans et elle venait de se disputer avec son père et Bridgett, sa belle-mère. Cette dernière l'accusant de se droguer, de se soûler et d'avoir une relation avec un homme plus âgé qu'elle. Et, bien sûr, son père avait cru tout ce que sa femme lui disait. Comme toujours.

Blessée par cette trahison, elle était partie sur un coup de tête à une fête, bien décidée à ne rien se refuser. Si elle était de toute façon coupable, autant en profiter, non ?

Elle avait détesté le goût de sa première bière, mais, arrivée à la quatrième, tout lui était devenu égal. Elle était complètement soûle quand Lindsey lui avait montré un groupe de garçons plus âgés diplômés d'un lycée privé. Alyssa avait immédiatement repéré Beckett Kayne. Qui aurait pu résister ? Il émanait de lui une beauté dangereuse qui séduit instantanément ce côté rebelle en elle, qu'elle était si fatiguée de cacher et de contrôler.

Sans le courage que donnait l'alcool, elle ne serait sans doute jamais allée jusqu'à lui. Sans se poser de questions, elle avait pris son visage entre ses mains et l'avait longuement embrassé. La réaction immédiate et dévorante de son propre corps l'avait prise de court. La rapidité de Beckett aussi : il lui avait fallu peu de temps pour prendre les commandes, l'acculer dans un coin de la maison et se mettre à explorer son corps.

Ils n'avaient pas dansé, encore moins parlé, simplement cherché une chambre inoccupée. Malgré l'état brumeux dans lequel l'avaient plongée l'alcool, la caresse des mains de Beckett sur son corps et la chaleur étouffante, Alyssa avait encore conscience qu'elle lui devait un aveu : elle était vierge. Au moment où les mots avaient quitté ses lèvres, tout avait basculé.

Beckett s'était brusquement éloigné d'elle, comme si elle était soudain pestiférée. Et l'absence soudaine de ce corps contre le sien, son regard vaguement dégoûté lui avaient fait l'effet d'un violent coup de pied dans le ventre.

Mais c'était le lendemain qu'elle avait compris à quel point il s'était joué d'elle. Un des amis de Beckett lui avait en effet laissé entendre que ce dernier l'avait observée une bonne partie de la soirée… pas parce qu'elle lui plaisait, mais parce qu'il avait à tout prix besoin d'argent. Elle était une bonne proie : jeune et tout le monde savait que son père était plein aux as.

A ce souvenir, Alyssa ravala un rire amer. S'il avait su ! Oui, son père était riche comme Crésus, mais elle ne l'avait jamais été. Ne l'était toujours pas. Ne le serait peut-être jamais. Non pas que ce soit un problème, l'argent ne l'intéressait pas vraiment.

Malgré elle, ses souvenirs la ramenèrent à cette lointaine nuit. Beckett l'avait laissée là, humiliée, soûle et seule. Elle avait dû demander à son père de venir la chercher. Sans égard pour les sillons que les larmes avaient tracés sur son visage, lui et sa belle-mère s'en étaient donnés à cœur joie. Bridgett s'était récriée contre la mauvaise influence qu'elle avait sur sa demi-sœur, Mercedes.

Et elle n'avait rien pu dire.

A compter de ce jour, le mince espoir qu'elle avait eu de se réconcilier avec son père avait été anéanti.

De nombreuses années s'étaient écoulées depuis. Et elle pensait avoir laissé tout cela loin derrière elle. Jusqu'au jour où le nom de Kayne était apparu sur son bureau en tête d'un avis d'acquisition pour l'application Watch Me.

Comme elle s'était trompée ! A la simple vue de ce nom, la colère, l'humiliation et un sentiment qu'elle n'arrivait pas à nommer l'avaient submergée. Jamais elle ne ferait affaire avec lui : c'était ce qu'elle avait dit à son partenaire, Mitch Dornigan.

Ils avaient beau être les propriétaires de V & D à parts égales, Mitch avait accepté sans broncher sa décision. Plusieurs semaines s'étaient écoulées depuis, mais elle n'avait pas changé d'avis. Elle était même plus énervée que jamais par cette dernière combine. Elle aurait voulu lui arracher le sourire suffisant qu'il affichait depuis l'autre bout de la table.

Et, pour couronner le tout, elle ne pouvait s'empêcher de réagir physiquement à sa présence. A la simple vue de son corps athlétique dans ce costume parfaitement coupé, c'était comme si des décharges électriques lui parcouraient le corps, une énergie folle et incontrôlable.

Ce qu'elle pouvait le détester pour cette réaction primitive qu'il déclenchait en elle ! Elle était une femme forte, indépendante et intelligente. Pourquoi perdait-elle à ce point ses moyens en sa présence, pourquoi son corps et son cerveau lui désobéissaient-ils ainsi ?

La réponse était simple : Beckett Kayne était un homme dangereusement sensuel. Encore plus aujourd'hui que par le passé. N'importe quelle femme réagirait à sa présence. Il savait très bien l'effet qu'il provoquait, et ne rechignait pas à s'en servir. Il avait la réputation d'être sans pitié et de recourir à tous les atouts qu'il avait en main.

Alyssa redressa le menton. Elle n'avait pas l'intention de lui faciliter la tâche en lui montrant à quel point elle était troublée par sa présence.

Et pourtant... Ses épais cheveux bruns semblaient une invitation à venir y plonger la main. Ses yeux bleus changeants, qui observaient tout avec une intensité sans pareille, la fascinaient. Le bruit courait qu'il aimait observer ce qui se passait dans ses clubs du haut d'une pièce isolée.

Un frisson remonta le long de la colonne d'Alyssa. Qu'elle chassa. Elle devait se reprendre. L'homme qui se tenait en face d'elle voulait réduire à néant un travail de deux ans. Il pouvait toujours courir. Elle avait besoin de faire le vide et de se concentrer.

Mais comment serait-ce possible avec Beckett Kayne face à elle ? Il portait un costume fait sur mesure qui avait dû coûter cher, à en juger par sa coupe parfaite. Rien à voir avec le jean ajusté, effiloché à l'ourlet, et le T-shirt noir moulant qu'il portait le soir de leur première rencontre.

Elle se souvenait de son allure de *bad boy*. De son odeur de danger, d'alcool, de musc... d'homme. Pourtant, ce n'était pas tout à fait ça qui l'avait attirée. Elle avait senti comme une vulnérabilité en lui. Un désespoir qu'elle avait reconnu, compris, et voulu consoler, pour étrange que cela puisse paraître.

Mais ça n'avait visiblement été qu'un mensonge de plus.

Elle aurait aimé se convaincre que le costume était un mieux, mais même cette façade ne suffisait pas à dissimuler sa bestialité. Il avait tout du tigre qui fait tranquillement les cent pas derrière ses barreaux de fer mais qui, s'il s'échappe, chasse en un rien de temps la somnolence qu'il affecte et vous saute à la gorge.

Réprimant un mouvement d'humeur — comment pouvait-elle se montrer aussi faible ? —, Alyssa le vit s'asseoir sur la chaise située en face d'elle et sourire à son équipe. Elle vit également le soupir que poussa Deirdre, assise deux sièges plus loin. Sa collègue était déjà complètement à la merci de cet homme.

Mais lui ne semblait pas s'en être rendu compte. Ses yeux ne l'avaient pas quitté, elle, une seule seconde.

Quelques secondes s'écoulèrent, qui se transformèrent en minutes. Alyssa luttait contre le poids oppressant du silence. Au fur et à mesure que la tension montait, elle avait l'impression que son ventre se serrait un peu plus. Elle avait besoin de toute sa volonté pour rester assise sans bouger, attendant qu'il se lance. La sensation était perturbante... presque autant que l'examen auquel Beckett Kayne la soumettait.

Elle vit une lueur mauvaise passer dans son regard et sentit des picotements parcourir sa peau. Lentement, un large sourire s'épanouit sur le visage de Kayne. Un sourire complice et énigmatique, qui lui donna froid dans le dos.

— Madame Vaughn, quel plaisir de pouvoir enfin faire votre connaissance.

Sa voix, chaude et rauque, ne fit rien pour calmer l'agitation d'Alyssa. Son ton était si plein de sous-entendus qu'elle se tendit davantage.

Y avait-il la moindre chance qu'il se souvienne ?

Non, aucune.

Serrant les dents, Alyssa se força à refréner ses émotions et à rester civile.

— Je crains que le plaisir ne soit pas partagé, monsieur Kayne. Je ne suis pas sûre d'apprécier la position dans laquelle vous nous avez mis.

Elle aurait aimé voir s'allumer une lueur de regret dans ses yeux. Quelque chose montrant que l'homme avait un cœur. A sa grande surprise, le sourire de Kayne ne s'effaça pas mais se transforma. Ses paupières se firent plus lourdes, et il lui jeta un regard indolent, presque sensuel. Un coin de sa bouche se souleva un peu plus que l'autre. Certains y auraient vu un défaut, le seul de sa plastique, mais c'était le détail dont elle se souvenait le mieux après toutes ces années.

C'était le détail qui le rendait humain. Accessible. Réel.

Alyssa lutta pour détourner son regard des lèvres qui l'attiraient comme un aimant. En vain. Elle les vit trembler, et comprit qu'il se moquait d'elle.

— Vous ne m'avez pas laissé le choix, madame Vaughn, en ignorant mes propositions de collaboration.

Alyssa lâcha un soupir de frustration.

— Peut-être devriez-vous acquérir un dictionnaire, monsieur Kayne. Cela pourrait se révéler utile pour pallier les failles de votre éducation. Ne pas vous donner la réponse que vous attendez ne veut pas dire vous ignorer.

Il pinça les lèvres et son sourire disparut Malgré elle, elle ressentit une pointe de déception. Qu'elle ignora. Ou plutôt essaya d'ignorer.

— Nous ne tenions pas à collaborer avec vous.

— Merci, j'avais bien compris, même si j'ignore toujours pourquoi. Par contre, vous avez pris cette décision alors que vous étiez vulnérables. Je ne suis pas de ceux à refuser une telle invitation.

Mitch devait sentir qu'elle était à deux doigts de craquer, parce qu'il intervint avant qu'elle ne réduise à zéro leurs chances de s'en sortir à l'amiable.

— Un emprunt est loin d'être une invitation.

Kayne haussa les épaules d'un geste fluide et nonchalant.

— C'est ce qui arrive quand on mélange affaires et vie privée. C'est toujours plus risqué d'emprunter de l'argent à une connaissance plutôt qu'à une banque. La loi n'est plus là pour vous protéger.

La mâchoire Alyssa lui faisait mal tant elle faisait d'efforts pour s'empêcher de répliquer. Oh ! elle avait l'habitude de ravaler ses mots mais, étrangement, ceux qui lui restaient en travers de la gorge aujourd'hui avaient un goût particulièrement amer.

Mitch et elle avaient bien essayé de s'adresser aux banques, mais elles n'avaient rien voulu savoir. C'était d'ailleurs tout à fait compréhensible vu qu'ils étaient dans le rouge et que ni les jolis algorithmes des banques ni les statisticiens qu'elles payaient ne pouvaient prendre en compte le succès qui allait bientôt être le leur. Leur première application se vendait plutôt bien mais l'apport massif de capitaux dont ils avaient besoin n'arriverait pas avant plusieurs semaines.

Quant à leur deuxième application, elle ne serait pas prête avant deux mois.

Il allait de soi qu'ils avaient tous deux déjà investi jusqu'au dernier centime de leurs économies et de leurs hypothèques. Tout ce dont ils avaient besoin, c'était de fonds d'exploitation leur permettant de tenir. Ils y étaient presque...

Quand Mitch avait parlé d'emprunter à un ami de sa famille, quelqu'un qu'il connaissait depuis toujours et en qui il avait confiance, cela leur avait paru la solution miracle. Certes, c'était plus risqué, mais ils s'étaient sentis plutôt sûrs d'eux.

Avec du recul, la situation était bien différente.

La cupidité de l'ami de Mitch l'avait emporté sur sa loyauté. D'après leurs sources, Beckett avait racheté leur emprunt à presque un quart de plus que la valeur indiquée sur le contrat.

A l'origine, ils étaient censés disposer de six mois pour rembourser leur emprunt, ce qui était amplement suffisant. Mais Kayne avait décidé d'activer une clause qui l'autorisait à avancer l'échéance.

Ils avaient à présent moins de deux semaines pour lui verser l'énorme somme qu'ils lui devaient, sans quoi Beckett Kayne deviendrait le propriétaire de V & D— dont Watch Me, qu'il semblait désirer plus que tout. Alyssa frissonna. Hors de question qu'il fasse main basse sur l'application, d'autant qu'ils avaient besoin de l'argent de la vente pour que V & Dcontinue à aller de l'avant.

Quelques jours plus tôt, Alyssa n'aurait pas cru pouvoir avoir de nouvelles raisons de détester Beckett Kayne. Encore une fois, elle s'était trompée. En son for intérieur, la frustration et le désespoir luttaient à parts égales.

Elle serra les poings sous la table, s'efforçant de mettre

de l'ordre dans ses sentiments avant qu'ils ne déferlent en un flot de lave destructeur brûlant tout sur son passage.

— Ne me dites pas que, depuis le temps que vous êtes dans les affaires, vous n'avez jamais pris de risque calculé ?

Le regard incandescent de Kayne la prit de nouveau pour cible.

— Bien sûr que si. En revanche, je me suis toujours assuré que le jeu en valait la chandelle.

Consciente que le tour qu'avait pris la conversation ne les mènerait nulle part, Alyssa y coupa court.

— Qu'est-ce que vous voulez, Kayne ?

— Je pensais que c'était pourtant clair.

Elle ne chercha pas à dissimuler son agacement.

— Je préférerais vous l'entendre dire de vive voix afin d'éviter tout malentendu.

Le sourire de Kayne s'effaça. Tout à coup, c'était comme si le masque était tombé et l'expression perçante qui le remplaça fit frissonner Alyssa. Pour la première fois depuis qu'il était entré, elle eut l'impression d'entrapercevoir sa véritable personnalité. Et elle fut saisie d'effroi. Beckett Kayne était un animal assoiffé de sang dont la proie était désormais à sa portée.

— Watch Me. Voilà ce que je veux. En exclusivité.

— Vous êtes en train de faire une erreur.

— Très sincèrement, j'en doute.

Alyssa croisa les bras et le défia du regard.

— Je vous assure que c'est pourtant ce que vous êtes en train de faire. Vous pensez nous avoir acculés. Vous en êtes déjà à compter vos gains. Mais il nous reste du temps pour vous rembourser.

Il la défia du regard et elle serra les poings sous la table. Elle ne pouvait pas se permettre de réagir, pas si elle voulait sauver son entreprise et tout ce pour quoi elle s'était investie corps et âme ces dix-huit derniers mois. Elle s'efforça de prendre une voix posée.

— Rappelez vos chiens. Revoyez votre offre, renvoyez-la-nous et laissez-nous l'étudier au même titre que celles que nous recevrons la semaine prochaine. Nous sommes prêts à vous donner quelques jours supplémentaires si nécessaire.

— Donnez-moi une seule raison de vous écouter, madame Vaughn. J'aurai ce que je veux bien avant que vous ayez pu trouver un autre acheteur. Dans deux semaines, je serai propriétaire non seulement de votre application mais aussi de votre société.

Malgré elle, Alyssa sentit un flot de panique la submerger tandis qu'un goût amer envahissait sa bouche. Elle redressa cependant le menton : hors de question de lui montrer qu'il avait réussi à la déstabiliser.

— Je ne vous laisserai pas réduire V & Dà néant. Nous trouverons l'argent dans les temps, et vous n'aurez plus aucune chance d'obtenir l'application.

Les yeux bleu-gris de Beckett Kayne brillèrent d'un éclat vif.

— Je n'en avais aucune de toute façon. C'est vous qui m'avez forcé à recourir à un tel procédé, madame Vaughn. Ne venez pas maintenant crier au scandale.

Alyssa expira entre ses dents serrées. Il avait touché juste. C'était elle qui avait mis en péril son entreprise en refusant son offre. Mais elle était plus que jamais persuadée d'avoir eu raison. Elle se pencha vers lui.

— Je vous offre la possibilité d'agir correctement, Beckett. Nous savons tous les deux qu'exiger le remboursement d'un prêt quatre mois avant son échéance est un coup bas.

A sa grande surprise, Kayne se pencha à son tour vers elle, son regard dur et indéchiffrable.

— Ça n'a rien d'un coup bas. C'est un coup de génie. Vous m'avez l'air d'être une femme intelligente, madame Vaughn. Quelque chose me dit que vous connaissez ma réputation. Est-ce que vous pensez vraiment que les coups bas — si tant est que c'en soit un — me font peur ?

Un lourd silence envahit la pièce, chargé de tension.

Tendue à se rompre, Alyssa vit les yeux de Kayne briller d'une lueur à la fois dure et sensuelle. Il esquissa un sourire, et malgré elle, son regard attiré par le mouvement, elle resta prise au piège de sa bouche.

Il avait des lèvres pleines, parfaites, dures mais pas trop. Elle aurait voulu coller sa bouche à la sienne pour en avoir le cœur net. Elle devinait qu'il n'était pas du genre à être doux et rassurant au lit. Voudrait-il la dévorer tout entière ? Jouer avec elle ? La forcer à se rendre ou la laisser se perdre dans un brouillard sensuel ?

Elle inspira brusquement et le bruit de son inspiration emplit la pièce. Tout le monde l'avait entendu, c'était certain. Et elle était sûre qu'ils savaient tous ce que cela signifiait : que le charme de Beckett Kayne lui avait fait perdre le fil de ses pensées.

Kayne se laissa aller contre son dossier avec un sourire cette fois franchement goguenard.

— J'agis on ne peut plus correctement, madame Vaughn. Je suis en train d'acquérir la technologie de pointe qui assurera à ma société un développement international, ce qui m'est tout à fait nécessaire — et désormais possible. Il y a très longtemps, j'ai appris à mes dépens qu'on ne pouvait compter sur personne dans les affaires. C'est chacun pour soi. Ce monde peut être cruel. Vous ne pouviez pas faire l'économie de cette leçon. J'aimerais vous dire que je suis navré d'avoir été celui à vous l'avoir inculquée, mais ce serait faux.

Ses yeux couleur d'orage la clouèrent sur sa chaise lorsqu'il poursuivit :

— J'ai trop apprécié notre petite joute verbale pour regretter qu'elle ait eu lieu.

Depuis son bout de table, Deirdre toussota. A côté d'elle, Alyssa sentit Mitch se pencher en avant, le corps tendu et les mains écartées sur la table, prêt à bondir.

Elle l'en empêcha. Enserrant de ses doigts le poignet de son partenaire, elle l'encouragea à rester assis. Beckett la regarda faire en plissant les yeux.

Quand il riva de nouveau son regard au sien, sa voix rauque gronda, menaçante :

— Vous pouvez me croire, madame Vaughn, j'obtiens toujours ce que je veux.

A ces mots, Alyssa sentit l'air se bloquer dans ses poumons. Impossible d'articuler le moindre mot. Il ne lui en aurait de toute façon pas laissé le temps. Bondissant sur ses pieds, Beckett Kayne mit un terme à leur conversation et disparut par la porte avant qu'elle ne revienne à elle.

A côté d'elle, Mitch poussa un soupir agacé. De son côté, Deirdre se laissa aller contre le dossier de sa chaise.

Mais Alyssa ne bougea pas, abasourdie. Son corps était submergé par des réactions toutes plus inutiles les unes que les autres. Sa peau la picotait, son cœur battait à tout rompre, sa peau brûlait sous l'effet de la colère. Mais aucun exutoire ne s'offrait à elle.

Pourquoi avait-elle l'impression que Beckett Kayne voulait bien plus que sa société ?

Chapitre 3

Quand la porte se referma derrière Kayne, Alyssa sentit toute la tension qui lui avait permis de tenir tête à cet homme odieux quitter soudainement son corps.

Qu'est-ce qu'ils allaient bien pouvoir faire ? Il y avait bien Bridgett... A la simple pensée de sa mégère de belle-mère, Alyssa retint un soupir.

Inspirant profondément, elle laissa tomber sa tête contre la table, sans même essayer de se protéger contre le choc. Cette douleur était tellement préférable à l'agonie qu'elle ressentait à chaque fois qu'elle s'approchait de sa belle-mère ! Elle recommença donc, encore et encore.

— Bon Dieu, Lys, arrête ça ! s'écria Mitch en posant sa main entre la table et le front d'Alyssa.

Quand son front heurta la paume de Mitch, Alyssa arrêta son mouvement de balancier et commença à rouler sa tête de droite à gauche. Comme si, faire non de la tête, pouvait tout arrêter.

— Deirdre, tu peux nous laisser un instant ? soupira-t-elle.

En cet instant, Alyssa aurait tout donné pour pouvoir s'enfuir et se réfugier dans la solitude de son bureau ! Ses ordinateurs, eux, ne lui criaient pas dessus, ne la critiquaient pas, ne l'ignoraient pas, jamais. C'étaient des machines sans histoires, indifférentes, qui étaient là quand elle avait besoin d'elles, point. Mais elle savait que faire comme si tout allait bien n'arrangerait rien.

Et puis, elle se sentait quand même beaucoup moins fragile que par le passé. Il lui avait fallu des années pour développer un semblant de confiance en elle, pour savoir qui elle était et à quelle place elle pouvait prétendre. Et quiconque voulait la renvoyer à ces années malheureuses pouvait aller se faire voir — surtout s'il s'agissait de Beckett Kayne.

Comme s'il lisait en elle, Mitch posa une main rassurante sur son dos. Il était là. Comme toujours. Une fois de plus, elle se demanda — sans réelle conviction, hélas — pourquoi elle n'était pas attirée par lui. Avec lui, tout était si simple et tranquille. Avec lui, elle était détendue, son cœur ne battait pas la chamade. Il était comme un grand frère pour elle, celui dont elle aurait tant eu besoin.

— On va trouver une solution, Lys, je te le promets.

Elle leva les yeux vers lui et se força à sourire.

A chaque fois qu'elle avait eu besoin de lui, Mitch avait été comme une lumière dans sa nuit. A chaque fois qu'elle s'était sentie transparente et qu'elle avait eu l'impression de disparaître, il l'avait ramenée à la vie. Elle savait qu'elle pouvait compter sur lui.

Il avait sauvé l'adolescente perdue qu'elle était jadis, il lui avait donné l'espace et le soutien dont elle avait eu besoin pour devenir la femme qu'elle était aujourd'hui.

Elle lui devait tout. C'est pourquoi elle était prête à payer n'importe quel prix pour les sortir de la mauvaise passe dans laquelle elle les avait plongés. Même si cela signifiait demander son aide à sa belle-mère…

Bridgett était une femme calculatrice et cruelle. Alyssa n'en revenait pas que son père ne se soit jamais rendu compte de la froideur de sa femme. Il fallait dire que cette dernière avait toujours fait en sorte de lui montrer son meilleur visage. Elle était tombée enceinte moins de trois mois après leur mariage et, dès la naissance de Mercedes, elle n'avait eu plus qu'un but : faire en sorte que son mari adore sa nouvelle fille, qu'il la gâte, qu'il lui donne tout, attention et amour.

A ce souvenir, Alyssa sentit un frisson la parcourir. Du jour au lendemain, elle était devenue la cinquième roue du carrosse : personne n'avait besoin d'elle, personne ne voulait d'elle.

Et puis, tout s'était enchaîné : en quelques années, Alyssa avait vu Bridgett convaincre son père qu'elle ne méritait pas le nom de Vaughn et entachait la réputation de la famille.

A vrai dire, elle ne se souvenait plus de quand elle s'était rendu compte que son père la méprisait. Ce qui n'était d'abord qu'une vague impression était peu à peu devenu une certitude douloureuse. Avec le recul, Alyssa se rendait maintenant compte qu'elle devait trop lui rappeler sa mère. Cette femme qui avait préféré s'enfuir avec un mécanicien sans le sou plutôt que vivre dans le monde étouffant d'opulence et de perfection qu'il lui offrait. Il avait donc tout naturellement transféré sa rage sur elle, Alyssa.

Au moins n'avait-il jamais levé la main sur elle… Mais la violence des mots était parfois plus cruelle encore, surtout quand on n'avait personne à qui se confier.

Quoi qu'il en soit, Bridgett avait obtenu ce qu'elle voulait : la quasi-totalité de la fortune de son mari. A sa mort, quatre ans plus tôt, son père lui avait tout laissé. A part le minuscule héritage grâce auquel Alyssa avait pu verser un acompte pour l'appartement qu'elle occupait aujourd'hui dans le quartier français. Elle n'aurait jamais pu obtenir de prêt sans ça. Le pire, c'était qu'elle se fichait éperdument de cet argent. Elle aurait préféré que son père l'aime autant que Mercedes…

Ce qui ne changeait rien au problème qu'elle rencontrait aujourd'hui : Bridgett avait l'argent. Malgré elle, Alyssa ferma instinctivement les yeux. Même après toutes ces années, sa belle-mère lui inspirait toujours le même sentiment de peur. Mais, au moins, elle était sûre que Bridgett ne laisserait pas échapper cette occasion de lui prouver qu'elle n'était qu'une ratée. A cette pensée, son estomac se souleva. La voix de Mitch interrompit le cours de ses pensées :

— N'y pense même pas. Jamais je ne te laisserai faire ça.

— Faire quoi ? demanda-t-elle.

— On ne fera appel à la sorcière de Stepford qu'en dernier recours.

Mitch la connaissait trop bien. Elle n'avait rien dit et pourtant il savait précisément à quoi elle pensait.

— Je ne vois pas vraiment d'autre recours, Mitch.

Il serra ses doigts sur le rebord de la table.

— Pas si vite. Et la nouvelle application de tourisme interactive ? Je sais que tu voulais attendre un ou deux mois mais, pour tout le monde, elle est prête. Deirdre en a parlé à Vance Eaton, ils sont ravis qu'on envisage La Nouvelle-Orléans pour le lancement. On pourrait la vendre rapidement !

La nouvelle application… Malgré elle, Alyssa sentit un fol espoir l'envahir. Mais elle devait à tout prix résister. Une deuxième mauvaise décision commerciale et ce serait la fin de leur entreprise. Pouvait-elle vraiment prendre ce risque ?

Mitch gardait le silence, et elle lui en était reconnaissante. Il savait qu'elle avait besoin de réfléchir à tous les aspects d'un problème avant de prendre une décision.

Il avait raison. L'application était presque prête. Ils ne

pourraient de toute façon la peaufiner qu'une fois la ville de lancement arrêtée. Or La Nouvelle-Orléans, avec son ambiance festive à nulle autre pareille, était l'endroit parfait !

Les applications touristiques couraient les rues, mais la leur mariait la technologie des réseaux sociaux et la diffusion des dernières informations en date. Elle se mettait régulièrement à jour et piochait dans les interactions des utilisateurs pour mettre à disposition un flux continu d'informations *live*.

Un très bon groupe se produisait quelque part ? N'importe qui pouvait poster des photos, des vidéos ou des informations sur l'endroit en question. La queue devant telle ou telle attraction n'en finissait pas ? Il suffisait de poster quelque chose pour éviter que d'autres ne perdent leur temps. Un groupe d'étudiants essayait de se retrouver dans la foule de mardi gras ? Ils n'avaient qu'à poster une photo de l'endroit où ils se trouvaient.

Pour le lancement de leur première application, Alyssa avait voulu prendre son temps. Ils ne pouvaient désormais plus se payer ce luxe.

Elle acquiesça d'un hochement de tête.

— Appelle-les.

Un sourire radieux illumina le visage de Mitch.

— C'est fait.

Alyssa éclata de rire et lui tapa gentiment sur le bras.

— Salaud. Pourquoi m'avoir demandé mon avis dans ce cas ?

— Tu avais besoin de réfléchir dans ton coin, mais je savais que tu prendrais la bonne décision.

— Hm, c'est vrai que tu ne m'as pas du tout aidée…

Mitch haussa les épaules.

— C'est la bonne décision.

Pour la première fois depuis quelques jours, Alyssa sentit le poids qui pesait sur elle s'alléger.

— Je vais mettre nos avocats sur le coup, poursuivit Mitch. Avec un peu de chance, on aura tous les détails dont on a besoin d'ici mercredi, et un chèque vendredi.

Alyssa chercha le regard de Mitch. Elle y vit le même espoir que celui qui naissait en elle. Soudain, elle avait envie d'y croire.

— Et, sinon, tu peux m'expliquer ce qui vient de se passer ?

Alyssa savait exactement de quoi Mitch voulait parler mais, pour gagner du temps, elle fit semblant de ne pas comprendre.

— Comment ça ?

Le regard que lui jeta Mitch voulait clairement dire : « Ne te fiche pas de moi. »

Avec un soupir, elle céda.

— Aucune idée.

Et ça lui faisait une peur bleue. Elle s'était attendue à beaucoup de choses en voyant entrer Beckett Kayne, mais pas à ça, pas à cette sensibilité à fleur de peau.

Pas non plus à la lueur d'intérêt qu'elle avait vu briller au fond de ses yeux. D'autant que la dernière fois qu'ils s'étaient vus il avait congédié la gamine inexpérimentée qu'elle était alors sans la moindre considération.

« J'obtiens toujours ce que je veux »… La dernière phrase de Beckett Kayne résonna dans son crâne, lui arrachant un frisson.

A côté d'elle, Mitch étouffa une exclamation mi-incrédule mi-inquiète.

— Fais attention, Lys. Beckett Kayne n'est pas vraiment du genre à se pointer avec des fleurs et des bonbons. Il est dur et déterminé. Te faire du mal ou t'utiliser ne lui fait pas peur.

Bien sûr, elle savait tout ça. Elle n'avait pas besoin que Mitch le lui rappelle ! Mais c'était comme si son corps n'écoutait pas.

— Je me suis déshabillée devant un parfait inconnu hier soir.

Les mots avaient franchi les lèvres d'Alyssa avant qu'elle n'ait pu les retenir. Elle n'avait jamais eu l'intention de raconter cet épisode à Mitch, mais le besoin de faire diversion était sans doute plus fort que sa pudeur.

Comme soufflé par la violence de cet aveu, Mitch se pencha vers elle.

— Pardon ?

Alyssa se renfonça dans sa chaise et posa les yeux sur le mur bleu pâle face à elle. Tout plutôt que croiser le regard de Mitch.

— Hier soir. Je suis arrivée tard chez moi, les rues étaient surpeuplées.

— Normal.

Alyssa ne releva pas. C'était elle qui avait voulu vivre dans le quartier français. Mardi gras charriait toujours des foules énormes, et en temps normal elle adorait toute cette énergie, mais pour le moment elle n'avait ni le temps ni l'argent de se mêler aux fêtards.

— J'étais tellement fatiguée que je n'arrivais plus à réfléchir, poursuivit-elle. J'ai commencé à me déshabiller avec une seule idée en tête, me coucher, et tant pis pour ce que j'avais encore à régler, il serait toujours temps de m'en occuper au matin.

Mitch grommela un assentiment. Lui aussi avait travaillé plus que de raison la veille et devait s'être écroulé dans son lit comme un corps-mort.

— Un mouvement a attiré mon attention, il a peut-être bougé exprès, je ne sais pas. Quand j'ai regardé par la fenêtre, j'ai vu un homme avec un masque dans l'ombre du balcon d'en face.

A cette simple évocation, elle sentit sa voix s'étrangler. Elle se souvenait de l'intensité du regard de l'inconnu sur son corps, de toute cette anticipation, toute cette tension. De son désir et de son excitation.

— J'ai… j'ai continué.

— Bon dieu, Lys, à quoi tu pensais ? Tu trouves que tu n'as pas assez de problèmes ? Tu penses vraiment avoir besoin d'un taré à tes basques en plus de tout le reste ?

La voix de Mitch la tira de la torpeur dans laquelle le souvenir l'avait plongée. Ce n'était vraiment pas le moment de se laisser aller. D'autant qu'après l'entrevue avec Kayne son corps était de nouveau sens dessus dessous.

— Très drôle…, répondit-elle.

— Il n'y a rien de drôle. Je sais très bien que tu n'en as pas conscience, mais tu es une femme superbe. La moitié des célibataires de La Nouvelle-Orléans te passerait bien sur le corps, et si je dis la moitié c'est parce que le reste ne te connaît pas.

Encore la même rengaine. Ce qu'il ne savait pas, c'était que le nombre d'hommes avec qui elle avait couché tenait sur les doigts d'une main, et encore, pas sur beaucoup… Elle ne se faisait jamais draguer dans les bars.

Pourtant, Mitch lui ressortait toujours cet argument-là. Il ne se rendait même pas compte qu'il se comportait avec elle comme une mère poule aveuglée par l'amour parental.

— Je suis sérieux, c'était vraiment complètement idiot ! Tu aurais pu être prise en photo… ou même filmée. Tu sais très bien que, pendant mardi gras, les gens se permettent tout…

Mitch avait raison. Et, jusqu'à présent, elle n'avait jamais eu envie de prendre part aux débordements qui submergeaient la ville à chaque mardi gras. Oh ! elle était loin d'être prude, mais ce n'était juste pas son truc.

Jusqu'à hier soir.

Elle s'était sentie excitée à l'idée de faire quelque chose de tabou. Oui, c'était braver un interdit qui lui avait plu, rien de plus. Dans cette atmosphère de joyeuse ébriété, elle s'était juste laissée un peu aller. Pas la peine de s'appesantir sur la question.

— Je ne le reverrai jamais, promit-elle autant pour Mitch que pour elle-même.

— Sois prudente.

— Je suis prudente.

Mitch émit un son qu'elle n'arriva pas à interpréter.

— Tu me tiens au courant si tu le revois ? Juste histoire d'être sûr que tu n'as pas affaire à un criminel en cavale ou à un alcoolique…

— Ou à un type complètement normal prenant un peu de bon temps ! Je te rappelle que le balcon sur lequel il se tenait appartient à une maison du quartier français valant plusieurs millions de dollars…

— Ce n'est pas parce qu'il était invité par des snobs qu'il n'est pas dangereux.

— C'est vrai.

Alyssa voulait rassurer Mitch, mais le problème, c'était qu'à chaque fois qu'elle pensait à son inconnu masqué un pressentiment délicieux l'étreignait.

Oui, cet homme qui l'avait observée dans la nuit pouvait être dangereux, effronté, et terriblement dépravé.

Et le pire, c'était que ça ne la dérangeait pas. Du tout.

Beckett regardait au travers de la vitre sans tain de son bureau la foule qui dansait frénétiquement à ses pieds. Le double vitrage ne suffisait pas à étouffer la musique bruyante du club.

Des lumières brillaient, blanc, jaune, vert, bleu, tournoyant et pulsant en rythme.

Il se tenait devant la vitre les jambes légèrement écartées, les bras croisés sur sa poitrine, inspectant son domaine. D'ici, il voyait qu'une queue était en train de se former devant le bar. Il pensa envoyer un quatrième barman à la rescousse, avant d'y renoncer aussi vite. Travailler à plus de trois dans l'espace réduit du bar risquait de s'avérer compliqué.

D'autant que les clients ne semblaient pas se formaliser de l'attente. Ils savaient que de l'autre côté de la porte d'entrée, dans la rue, s'étirait une queue autrement plus longue de gens prêts à tout pour entrer.

Beckett se concentra sur les allées et venues de ses serveuses en bustier rouge sombre, short de satin noir et bas de soie. Elles portaient des masques de plumes noires et des rangs de perles en l'honneur de mardi gras. Les trois serveurs hommes qui travaillaient ce soir-là étaient quant à eux torse nu. Beckett n'y était pour rien, les pourboires étaient apparemment plus généreux dans cette tenue. Et puis, avec tout ce monde qui se déhanchait, il faisait tellement chaud !

Tant que cela ne causait pas de problèmes, Beckett les laissait faire. Il fallait juste garder à l'œil les femmes aux mains baladeuses un peu trop soûles pour se souvenir que leurs copains étaient dans les parages.

Content de la tournure que prenait la soirée, Beckett

tourna son regard vers les murs du bâtiment. L'entrepôt dans lequel il avait installé sa boîte de nuit n'était plus tout jeune mais serait suffisamment spacieux pour accueillir les améliorations qu'il voulait apporter à l'endroit.

Et l'application de V & Dse fondrait parfaitement dans le décor fastueux et brut qu'il avait voulu pour sa chaîne, « A découvert ».

Grâce à Watch Me, il allait pouvoir projeter dans ses différents clubs des images *live* obtenues à l'aide des caméras installées dans chacun d'entre eux. Dans chaque ville des Etats-Unis où il était implanté, ses clients pourraient assister aux événements qui se déroulaient en même temps dans les autres clubs et y prendre part.

Il avait déjà fait installer des écrans aux murs et au plafond. Sur certains seraient projetées les images d'autres clubs — la vidéo *live* de son club à New York serait passée sur un écran d'un autre de ses clubs à Chicago. Quelqu'un dans l'Iowa ou à Paris pourrait se brancher sur le flux, en projeter les images chez lui, et partager la vidéo de sa soirée improvisée qui pourrait à son tour être projetée sur les écrans de son club de Seattle.

Enfin, l'heure de faire la fête en réseau avait sonné !

Mais il y avait plus : l'application disposait d'un tchat intégré qui permettrait à quelqu'un habitant Genève d'envoyer un message à la jeune fille de La Nouvelle-Orléans qu'il regardait danser et même de lui payer un verre à boire.

Il avait toujours pensé que la technologie devait servir à rapprocher les gens, pas à les éloigner, et Watch Me en était l'illustration parfaite.

Comment Alyssa Vaughn pouvait-elle ne pas voir ce potentiel ? A moins qu'elle ne veuille pas le voir…

A la pensée de leur rencontre du matin, il fut assailli d'émotions contradictoires : frustration, urgence, agitation…

Il serra les poings au souvenir de la lueur de colère et de mépris qu'il avait surprise dans ses yeux clairs.

Il aurait mieux fait de tout déballer. Mais il s'était dit qu'Alyssa Vaughn n'apprécierait sans doute pas que ses collègues soient au courant de son strip-tease improvisé, et que ce n'était pas la meilleure façon de la mettre dans de bonnes dispositions à son égard. Et, à la fin de la réunion, il était une telle boule de nerfs qu'il avait décidé de garder le secret.

Il n'avait aucune idée de ce qu'il avait fait à la jeune femme, mais il était désormais sûr que son aversion à son égard dépassait de loin le cadre d'une décision commerciale. Et une part de lui avait passé l'après-midi à se demander pourquoi, tandis qu'une autre part de lui ne pouvait s'empêcher de se demander si elle avait l'habitude de se déshabiller devant des inconnus. Etait-il le premier ou avait-elle eu de nombreuses autres expériences similaires ?

La jalousie que cette question suscita en lui le prit complètement au dépourvu. D'un mouvement brusque, il tourna le dos à la vitre. Ce genre de questionnement ne le mènerait nulle part. Il devait penser à autre chose. D'un pas rapide, il sortit de son bureau. Après avoir fermé derrière lui une porte adroitement dissimulée dans un couloir, il rejoignit la piste de danse.

La foule était si dense qu'il dut zigzaguer sur toute la moitié de la salle qui le séparait du bar… Et perdit le compte du nombre de mains qui le frôlèrent. Bon, au moins, ça voulait dire que ses fesses et son torse plaisaient. Quand il sentit quelqu'un essayer de glisser les doigts dans la ceinture de son pantalon, il saisit le poignet incriminé et l'écarta de lui. Il leva alors les yeux sur une superbe blonde aux yeux bleus vêtue d'une robe d'un rouge intense qui lui couvrait à peine le haut des cuisses.

Alors qu'il la tenait toujours à distance, elle lui sourit d'un air aguicheur et se déhancha de manière suggestive.

— Salut, mon chou. Tu m'offres un verre ? demanda-t-elle avec un petit sourire plein de promesses.

Comment ne pas comparer cette sexualité vulgaire à la profonde sensualité d'Alyssa ? L'inconnue jouait cartes sur table, sans rien dissimuler. Quel plaisir pouvait-il y avoir à la conquérir ? Trois minutes lui suffiraient à la séduire et à la ramener dans son bureau — en comptant le temps de trajet.

Aucun intérêt. Il s'était depuis longtemps lassé de ce genre de proies faciles.

Alyssa, elle, était une énigme. A l'image de ce tatouage qui, dans son dos, échappait aux regards scrutateurs, elle dissimulait en elle une forme de sauvagerie, des questions et des contradictions profondes.

Sans leur rencontre de la veille, il l'aurait sans doute prise pour une femme splendide mais inaccessible. Il aurait été attiré par elle mais n'aurait jamais soupçonné qu'ils puissent s'entendre.

Mais avec ce qui s'était passé... tout était différent. Il savait que quelque chose se cachait derrière cette apparence parfaite, et c'était ça qu'il voulait.

Et c'était la raison qui le poussa à faire demi-tour et à sortir plutôt qu'à aller s'assurer que tout se passait bien au bar.

Chapitre 4

Beckett allait et venait dans la rue, les yeux rivés sur la porte d'entrée de l'immeuble d'Alyssa. Ni la foule en délire ni la cacophonie environnante n'arrivaient à le distraire.

Qu'est-ce qu'il faisait ici ? Ce n'était pas du tout une bonne idée. Mais, pour une raison qu'il ignorait, ses pieds semblaient décidés à lui désobéir et à le ramener sans cesse jusque chez elle.

Il savait qu'il agissait vraiment comme le dernier des imbéciles, d'autant qu'il n'avait pas le moindre moyen de savoir si elle était chez elle. En y réfléchissant, elle avait même très peu de chance d'y être : c'était mardi gras ; elle devait certainement être en train de profiter de la fête qui battait son plein à l'extérieur. Pendant que lui faisait le pied de grue devant chez elle.

La veille, quand elle s'était déshabillée devant lui, il l'avait désirée. Il avait désiré son corps, oui, mais aussi la passion qui l'animait, le plaisir qu'elle prenait à faire son strip-tease. Elle avait été provocante, aguicheuse, sensuelle, audacieuse même.

C'était la sirène qu'il devinait cachée derrière la façade bien convenable qui le rendait fou. Quelque chose lui disait qu'elle ne montrait pas cet aspect de sa personnalité à n'importe qui. Et il n'avait plus qu'une obsession : qu'elle lui cède, qu'elle se laisse aller au désir brûlant qui les consumait tous les deux…

Avant de sortir, il avait enfilé le même masque que la veille, sorte de concession à la folie qui régnait dans la ville. Sa chope de bière à la main, il s'adossa contre un mur et se força à scruter la foule plutôt que l'appartement d'Alyssa.

Il était encore en train de se demander ce qu'il faisait ici quand il la vit. Elle sortit de chez elle et s'arrêta un instant sur le trottoir, le temps de jeter un regard à la foule.

Puis, un léger sourire aux lèvres, elle se joignit au flot humain qui refluait dans la direction de Canal Street : c'était bientôt l'heure de la grande parade sur la principale artère de la ville. Il était trop tard pour avoir la moindre chance de voir la parade de près — la foule arrivait dès le début de l'après-midi pour s'assurer une bonne place — mais cela ne semblait pas la préoccuper.

A y regarder de plus près, il la trouvait beaucoup moins fatiguée que la veille. Elle souriait et avançait d'une démarche presque dansante… Face à cette joie contagieuse, il se sentit d'un coup beaucoup plus léger.

Pourquoi ? Il n'aurait su le dire. Pour être honnête, c'était en fait assez surprenant.

Mais son bonheur fut de courte durée. Alors qu'il la suivait à bonne distance pour ne pas être découvert — il n'avait pas encore décidé s'il allait l'aborder —, il vit quelqu'un lui rentrer dedans. Un étudiant visiblement, pas encore majeur et complètement soûl.

A cette vue, un étonnant mélange d'inquiétude et de colère s'empara de lui. Sans tenir compte des cris et des regards furieux dont il était la cible, il se fraya sans ménagement un chemin au milieu de la foule. Mais Alyssa était trop loin pour qu'il puisse la rejoindre.

Impuissant, il vit le type l'attirer à lui de ses grosses pattes maladroites. Elle se débattit et se mit sur la pointe des pieds — ce fut seulement à ce moment-là qu'il remarqua les bottes de cow-boy bleu turquoise qu'elle portait. Qui portait des chaussures de cette couleur ? Certainement pas la femme d'affaires tranquille et convenable qu'il avait eue en face de lui dans la matinée.

Par contre, tant d'excentricité et de violence allaient parfaitement à la séductrice de la veille...

Le blanc-bec lui caressa les bras avant de la serrer contre lui. Beckett accéléra encore le pas. Après des années passées à travailler dans des boîtes de nuit, les stratégies de séduction de ses semblables n'avaient plus de secret pour lui : ce type voulait Alyssa dans son lit. Il n'aurait d'ailleurs pas été surpris qu'il l'ait bousculée intentionnellement.

Les poings serrés à s'en faire mal, il se mit à courir vers eux. Pour s'arrêter tout aussitôt.

Alyssa avait renversé la tête en arrière et éclaté de rire. Et, maintenant qu'il voyait son visage, il comprenait à quel point il s'était trompé. Derrière le sourire qu'elle arborait depuis qu'elle était sortie de son immeuble, il discernait une mélancolie — une tristesse même — dans son regard, qui lui broya la poitrine.

Car qui mieux que lui connaissait cette expression ? C'était celle qu'il voyait chaque fois qu'il se regardait dans le miroir.

Interdit, il vit les yeux verts de la jeune femme se mettre à pétiller et sa bouche pulpeuse s'entrouvrir. Au lieu de le repousser, elle posa ses fines mains sur les épaules de son assaillant pour l'attirer à elle et, se haussant sur la pointe des pieds, elle se pressa tout contre lui. Elle approcha alors sa bouche de son oreille et murmura quelque chose que Beckett ne put entendre.

Mais il n'en avait pas besoin pour savoir qu'il n'aimait pas ça.

Les yeux déjà complètement embrumés du gamin devinrent complètement vitreux. Alyssa lui tapota l'épaule et s'écarta. Le regard de chien battu qu'il lui adressa alors aurait fait pleurer le plus insensible des hommes. Même quand ses amis le rattrapèrent et l'entraînèrent dans une autre direction, il garda les yeux rivés sur Alyssa, avant de se faire engloutir par la foule.

Totalement indifférente, Alyssa avait déjà repris sa progression dans le flot humain qui se pressait dans la rue. Beckett ne la quittait pas des yeux. Contrairement au gamin, il n'avait pas d'ami pour l'empêcher de la suivre. Sans savoir comment, il réussit à se placer juste derrière elle et s'absorba dans le mouvement de ses hanches.

Elle portait une jupe ajustée, complètement différente de celles de ce matin et de la veille. Celle-ci était en jean et ses poches arrière étaient décorées de fleur de lys en strass. La jupe avait beau être courte, elle était tout à fait décente comparée aux tenues de carnaval qui avaient envahi la rue.

Une chemise légère, presque transparente, de la même couleur que ses bottes, flottait autour de son buste ; il aperçut en dessous un débardeur noir dissimulant sa poitrine. Comme pour mieux le tenter, elle avait une épaule négligemment découverte, et sa peau nue le troubla.

Malgré une tenue simple et décontractée, elle parvenait à être plus sexy qu'en faisant étalage de ses charmes. Pourtant, il connaissait son secret. Il savait ce qui se cachait derrière cette façade de bienséance…

Elle alla se chercher une boisson dans un des bars situés de part et d'autre de la rue, et ressortit presque aussitôt, pour continuer sa balade. La parade ne semblait pas l'intéresser outre mesure, elle préférait regarder la foule.

Il s'intéressa à ce qui semblait aiguiser sa curiosité, recueillant avidement toutes les informations qu'elle lui offrait sans le savoir. Il fallait dire que les années passées derrière la fenêtre de son bureau avaient fait de lui un très bon observateur, sensible à la gestuelle de chacun.

Une famille, voilà ce qui semblait avoir captivé l'attention de la jeune femme. Les parents se tenaient par la taille, et les deux enfants, un garçon et une fille, chahutaient en se poussant. Pourtant, quand quelqu'un bouscula la petite fille, son frère s'interposa tout de suite, faisant un rempart de son corps d'adolescent entre elle et la foule, sous le regard indulgent de leurs parents.

Alyssa poussa un profond soupir, et l'expression de son visage se modifia subtilement. Malgré un effort visible, son demi-sourire ne parvenait plus à effacer la déception et la douleur qu'il lisait dans ses yeux.

Sans savoir pourquoi, il n'aimait pas ça du tout.

Ils continuèrent d'avancer.

De nombreux hommes se retournaient sur le passage d'Alyssa, mais elle ne semblait pas en être consciente. En revanche, elle observait les couples, leurs têtes qui se frôlaient, leurs messes basses, leurs mains posées sur une taille ou dans la poche arrière d'un jean. Rien ne lui échappait.

Elle les observait, mais elle ne s'arrêtait pas. Elle continuait à marcher tranquillement, comme sans but.

Soudain, Beckett la vit s'engouffrer dans une rue légèrement moins bondée que les autres, et s'arrêter. Les gens continuaient à avancer autour d'elle mais elle ne semblait pas s'en rendre compte. Elle avait les yeux rivés sur un petit renfoncement plongé dans l'ombre, entre deux immeubles.

Incapable de résister, Beckett s'avança pour découvrir ce

qui retenait son attention. Et, aussitôt, une vague de chaleur le submergea. Elle s'était arrêtée pour observer un couple qui s'embrassait passionnément. Ils n'essayaient même pas de se cacher, et paraissaient ne pas avoir conscience de la proximité d'autres êtres humains.

La lumière du réverbère tombait sur une jambe pâle enroulée autour d'un jean. On devinait plus qu'on ne voyait le corps d'un homme recouvrant entièrement celui d'une femme. Alors que lui avait les mains posées sur le mur, de part et d'autre de la tête de la jeune femme, ses mains à elle allaient et venaient dans ses cheveux, le retenant prisonnier de leur baiser.

Leur étreinte n'en finissait pas et, si personne ne les séparait, il y avait de fortes chances pour qu'ils passent assez rapidement à autre chose.

Beckett retint son souffle. Ce qui était en train de se passer entre cet homme et cette femme lui était complètement indifférent ; en revanche, la réaction d'Alyssa le fascinait.

On aurait dit qu'elle vivait la scène de l'intérieur, sa poitrine se soulevait rapidement, au rythme de ses respirations saccadées.

Beckett la vit entrouvrir la bouche et passer sa langue sur ses lèvres d'un rose brillant. Comme il voulait goûter à la douceur de cette bouche !

Sans se laisser le temps de réfléchir, il franchit les derniers mètres qui le séparaient d'Alyssa et l'attira à lui. Dos à lui, elle sursauta.

Incapable de résister à l'envie de la toucher, il enroula un bras autour de sa taille et remonta doucement son autre main le long de la courbe de ses côtes. Puis il prit son menton dans le creux de sa paume et la força à tourner la tête vers lui. Il vit son regard éperdu s'arrêter sur son masque. Dès qu'elle le reconnut, elle se détendit.

Il la sentit cesser de se débattre dans ses bras, puis s'abandonner complètement à lui. Il retint un soupir de satisfaction. Comme il aimait le poids et la chaleur de ce corps de femme entre ses bras.

Quand elle plongea les yeux dans les siens, ses pupilles étaient dilatées, pas de peur, mais d'excitation. Une excitation qu'elle semblait incapable de maîtriser. Il n'en fallait pas plus pour déclencher la tempête qui couvait déjà en lui.

— Qu'est-ce que tu fais là ? souffla-t-elle.

— Tu pensais vraiment que tu t'en sortirais comme ça après m'avoir laissé tomber si brusquement hier ? Tu peux me demander de te lâcher, ou me dire de dégager si tu veux. Mais laisse-moi t'embrasser. Juste une fois. S'il te plaît…, la supplia-t-il avant de chercher ses lèvres.

Alyssa n'en revenait pas. Elle était en train d'embrasser un parfait inconnu en plein mardi gras. Ou plutôt elle était en train de se faire embrasser par un parfait inconnu. Certes, elle était partie prenante de l'action, mais elle était loin d'en être l'acteur principal.

Très loin même.

Elle se contentait d'en profiter, bercée par le flot d'émotions qui la traversait. Elle ne pouvait pas bouger, complètement à la merci des doigts de l'inconnu sur sa joue, de son bras contre son ventre. Il la serrait comme si sa vie en dépendait, l'imprégnant de sa chaleur, la faisant fondre.

Quand elle sentit son érection contre le bas de son dos, elle se frotta instinctivement contre lui. Quel bonheur il y avait à se savoir désirée… surtout quand la réciproque était vraie.

C'était peut-être la raison pour laquelle elle ne chercha pas à se débattre. Pour laquelle elle se livra complètement.

Aussi bizarre que cela puisse paraître, elle se sentait bien. Tellement mieux que quelques instants plus tôt, quand elle se débattait encore en pensée avec des images de Beckett Kayne. Ce baiser, ce moment unique, effaçait tout : seuls restaient l'homme masqué et l'effet qu'il avait sur elle. Son corps avait pris le pas sur son cerveau et elle plongeait à sa suite dans un délice de sensations et de réactions primitives.

Peut-être n'était-ce que son imagination, mais elle sentait sur elle — sur eux — le regard des passants. Et elle aimait cela. Elle voulait qu'on la voie. Qu'on voie ce qui était en train de lui arriver.

Pour être sûre qu'elle ne rêvait pas.

Les plumes du masque de l'inconnu lui chatouillaient la peau. Il l'embrassait avec maîtrise, jouant avec elle et son désir, se faisant désirer, ménageant des pauses entre deux baisers. Il savait parfaitement où il allait, et c'était fascinant.

A chaque nouveau baiser, avec un mélange de douceur et de piquant, il prenait d'elle exactement ce qu'il voulait. C'était à la fois le paradis et l'enfer le plus obscur, car il la maintenait fermement contre lui, l'empêchant de faire le moindre mouvement, alors qu'elle aurait tant voulu le toucher.

Elle essaya de se débattre. Elle ne voulait pas se libérer de son emprise, mais lui donner davantage, qu'il ressente lui aussi ce plaisir qu'il lui donnait.

Il abandonna brusquement sa bouche, mais sans la lâcher pour autant. Il lui renversa la tête en arrière. Alyssa sentit un frisson lui parcourir l'échine et mourir dans sa nuque. Avec un petit rire, l'inconnu caressa de ses lèvres la courbe de son cou, comme amusé par l'instantanéité de sa réaction. C'était un rire profond, légèrement rauque et complètement vaniteux — l'inconnu était visiblement très content de lui —, et pourtant il résonna dans tout le corps d'Alyssa, attisant son désir.

Pourquoi l'expression de sa satisfaction l'excitait-elle à ce point ? Elle n'avait pas besoin de son approbation. De l'approbation de quiconque d'ailleurs, et ce, depuis longtemps.

Elle ne connaissait même pas son nom !

— Qui es-tu ? murmura-t-elle dans un soupir alors qu'il continuait à embrasser sa gorge.

Elle ne l'avait pas vu approcher, et dans cette position elle ne voyait de lui que deux bras puissants qui la maintenaient immobile. Au cours de leur baiser, elle avait entraperçu ses lèvres sensuelles ainsi qu'une lueur au fond de ses yeux, mais tout le reste de son visage disparaissait derrière son masque…

Comme il se dissimulait à sa vue, elle se servit de ses autres sens pour en découvrir plus sur lui.

Elle arrêta de chercher à libérer ses bras, posant à la place ses mains sur les cuisses de l'inconnu. Elle devina des muscles bien dessinés, sentit la chaleur de son corps à travers le tissu usé du jean.

Il était habillé de façon moins élégante que la veille. Ce soir, il était en jean noir et ce qui semblait être une chemise dont il avait remonté les manches. Il devait être descendu dans la rue pour faire la fête sans prendre le temps de se changer après une journée de travail.

Elle savait qu'un de ses voisins était avocat, peut-être que lui aussi ? Il dégageait une force et une détermination qui pourraient être redoutables dans une salle d'audience. Elle le voyait presque plaider avec passion devant un groupe de personnes sous le charme.

Mais la vision ne collait pas tout à fait… Elle sentait en lui une bestialité qu'aucune loi n'aurait pu dompter.

Le coton de sa chemise était gris foncé, presque noir ; étrangement, cette couleur lui rappela la lueur qu'elle avait saisie au fond de ses yeux. A cause du masque, elle n'aurait pas pu garantir que ses yeux étaient gris, mais elle était au moins sûre d'y avoir vu briller la passion.

Parce qu'elle ne pouvait pas faire grand-chose d'autre, elle se frotta contre lui, caressant de sa joue son torse musclé.

Elle sentit les lèvres de l'homme frôler son oreille tandis qu'il lui murmurait :

— Surprise… En plus, tu aimes ça, non, ne pas savoir qui je suis ? Ça te fait te sentir un brin aventureuse, voire perverse… D'ailleurs, je me trompe ou ça t'excite qu'un parfait inconnu te touche en pleine rue ?

Il lui mordilla l'oreille avant de l'embrasser de nouveau dans la nuque. Elle s'affaissa davantage contre lui.

Il avait raison. Son désir était plus aiguillonné encore par ses mots que par ses caresses.

— Je te regardais, poursuivit-il. Je te regardais les regarder.

Il lui fit tourner la tête, jusqu'à ce qu'elle regarde dans la direction du couple caché dans l'ombre.

Ils n'avaient pas perdu de temps. Les mains de l'homme avaient quitté le mur en briques : de l'une, il tenait fermement les bras de sa partenaire au-dessus de sa tête, tandis que de l'autre il explorait son corps. La femme avait relevé sa chemise juste sous ses seins, dénudant son ventre. Quand l'homme se mit à caresser ses seins, la jeune femme renversa la tête en arrière et sa bouche s'ouvrit sur une grimace extatique.

Alyssa avait l'impression que c'était son corps qu'on caressait. Elle sentit la pointe de ses seins durcir et, instinctivement, elle se cambra, projetant sa poitrine en avant en une supplication muette. Elle voulait qu'il la touche, qu'il la soulage.

Mais lui semblait avoir d'autres plans en tête, car il reprit d'une voix basse :

— Tu es sublime, tu le sais ? A la fois belle et sensuelle. Tes joues rouges, tes yeux brillants… Je peux presque sentir l'odeur de ton désir. Je suis même sûr que tu mouilles sous ta jupe…

Le souffle coupé, elle enfonça plus profondément les doigts dans les cuisses de son inconnu masqué. Le pire, c'était qu'il avait raison ! Sa culotte était trempée, c'était un véritable supplice.

Et il n'avait fait que frôler des zones vaguement érogènes !

— Je t'en prie, supplia-t-elle.

Les mots avaient jailli de ses lèvres avant qu'elle puisse se rendre compte de ce qu'elle faisait, avant même d'avoir pris conscience de ce qu'elle voulait.

Il l'embrassa sur la joue.

— Qu'est-ce qu'il y a ?

— Touche-moi.

— Maintenant ? Ici ? Alors que n'importe qui pourrait nous voir ?

Déglutissant avec peine, Alyssa fit oui de la tête. Peu lui importait. Elle était au-delà de ça. Et puis, mardi gras était la nuit de toutes les folies, non ? C'était simple : s'il ne la touchait pas, elle mourrait de frustration et de désir.

Elle sentit un grondement résonner dans la poitrine de l'inconnu, dont l'écho se répercuta sur sa peau. Quand, enfin, il fit courir sa main sur son ventre, elle faillit laisser échapper un soupir de soulagement. Tous les sens en alerte, elle sentit la main descendre le long de sa cuisse, s'aventurer sous sa jupe…

Il avait relâché son étreinte autour de ses bras, mais elle restait immobile, de peur que le moindre de ses mouvements ne mette un terme au délicieux supplice. Il attira alors son visage à lui pour l'embrasser une nouvelle fois.

Cette fois, elle lui rendit son baiser, y mettant toute sa fougue, tout son désir pour lui. Elle ne voulait plus se contenter de se plier à ses désirs, elle voulait un morceau de lui. Elle mordit sa lèvre inférieure et glissa sa langue dans sa bouche.

Sans cesser de l'embrasser avec passion, il continuait à faire remonter sa main le long de sa cuisse, ramenant sa jupe toujours plus haut, à la limite de l'indécence. Mais Alyssa s'en moquait éperdument, elle était déjà perdue dans un monde fait de désir et d'excitation.

Brutalement, il mit un terme à leur baiser et la repoussa.

Déconcertée, Alyssa cilla avant de chercher son regard.

Elle le sentit mordiller gentiment le lobe de son oreille, et un frisson se propagea dans tout son corps.

— La nuit dernière, je suis rentré chez moi frustré. Après avoir joué avec moi, tu m'as écarté. A mon tour de t'abandonner, ce soir.

Alyssa ouvrit la bouche pour protester, mais son cerveau était trop occupé à assimiler ce qu'il venait de lui dire. Il avait éprouvé le même désir qu'elle la veille, et s'était retrouvé tout aussi frustré. Le lien qu'elle avait senti entre eux, il l'avait senti aussi, malgré la distance.

Ce n'était pas qu'une illusion créée par son ridicule besoin d'affection.

— Par contre, poursuivit-il, je ne te laisserai pas en proie à la même torture que moi : crois-moi, un jour viendra où nous terminerons ce que nous avons commencé.

Tout son corps se tendit d'excitation et d'appréhension mêlées.

Elle le sentit resserrer son étreinte.

— Je veux me perdre en toi. Je veux regarder ton visage quand tu t'abandonneras. Tu seras mienne, Alyssa Vaughn.

L'instant d'après, il avait disparu. Comme par enchantement. Alyssa eut soudain froid.

Elle était seule. Et elle était si fatiguée d'être toujours seule…

Elle se retourna, cherchant l'inconnu dans la foule pour s'offrir une dernière vision de lui… mais il ne lui fit pas ce cadeau-là.

En revanche, elle savait maintenant qu'il connaissait son nom. Même si elle n'était pas sûre que ce soit une bonne chose.

A bien y réfléchir, c'était même plutôt inquiétant. Il devait être très efficace s'il avait réussi à trouver son nom en moins de vingt-quatre heures. Alors qu'elle n'avait aucune idée de qui il était, lui avait pris le temps de faire des recherches sur elle. Voilà qui aurait dû l'inquiéter.

Pourtant, son instinct de préservation d'habitude si puissant restait étonnamment silencieux.

A l'exact opposé de son excitation toute féminine.

Il avait pris le temps de se renseigner sur elle. Il la désirait !

Beckett s'appuya contre un mur pour reprendre son souffle. Un peu plus et c'était la catastrophe. Il s'était tellement laissé emporter par ses sensations et par l'odeur d'Alyssa qu'il avait failli oublier où ils se trouvaient. Il se passa une main dans les cheveux, dans une tentative pour remettre de l'ordre dans ses idées.

D'accord, Alyssa avait l'air de plutôt apprécier de voir et d'être vue, mais il n'avait pas le droit de la pousser à ce point en plein milieu d'une rue bondée. Une fois l'excitation retombée, elle aurait très certainement regretté leur petite folie.

Or il ne voulait surtout pas qu'elle regrette la moindre seconde passée avec lui. Surtout maintenant qu'elle s'était si totalement abandonnée à lui. Alors qu'ils étaient ennemis dans la vraie vie, elle lui avait laissé l'usage de son corps sans la moindre hésitation. Mais, comme elle n'était pas vraiment consciente de tous les tenants et aboutissants, il ne voulait pas abuser de sa confiance.

Avec un soupir de frustration, il fendit la foule pour se rapprocher d'Alyssa qui avait repris sa progression dans la rue bondée. Il retira son masque et baissa la tête comme s'il étudiait la chaussée. Il ne voulait pas qu'elle le surprenne à la suivre, mais il ne pouvait pas la quitter sans s'assurer qu'elle rentre chez elle sans encombre. Il était bien placé pour savoir les horreurs qui pouvaient avoir lieu à cette heure de la nuit. Sans compter que c'était mardi gras.

Les mains enfoncées dans les poches, il la suivait à distance. Elle avait adopté une allure plus rapide et rentrait chez elle à grandes enjambées.

En la suivant des yeux, il ne pouvait s'empêcher de se repasser le film de la soirée. Quand il était venu l'attendre devant son immeuble, il n'avait qu'une chose en tête : la faire sienne. C'était toujours ce qu'il voulait bien sûr, mais ce qui venait de se passer entre eux avait quelque peu changé la donne.

Jusque-là, il n'avait pas vraiment pensé à elle. Ou plutôt il avait pensé à elle avec un esprit embrumé par leur petite joute verbale de la matinée et par la frustration de la veille.

Ce qu'il avait découvert ce soir ne lui faisait pas vraiment plaisir. Car il ne s'attendait pas du tout à ce qu'elle lui avait offert : sa vulnérabilité.

Cette nouvelle facette de sa personnalité, tout en fragilité, lui avait donné envie de la protéger, de la rendre heureuse. Jusqu'à ce soir, il n'avait vu d'elle que la séductrice sensuelle et la femme d'affaires déterminée. Dans ces deux rôles, elle dégageait une confiance en elle qui avait stimulé son esprit de compétition. Il adorait relever les défis. Tous les défis.

Mais, ce soir, il avait dû se rendre à l'évidence : toute cette assurance, ce n'était que de la poudre aux yeux. Alyssa ne cherchait en fait qu'à dissimuler une bouleversante fragilité. Et il avait envie de la protéger.

Oh ! il savait qu'elle continuerait à le défier. D'ailleurs, il ne voulait surtout pas qu'elle arrête. Pendant leur réunion du matin, il avait senti son sang bouillir dans ses veines comme ça ne lui était pas arrivé depuis longtemps.

Alyssa se glissa à l'intérieur de l'enceinte entourant son immeuble et il la suivit des yeux.

Il allait la jouer réglo avec elle. Mais ça ne voulait pas dire qu'il ne mettrait pas toutes les chances de son côté, il n'était pas stupide.

Il voulait la protéger, soit, mais ça ne l'empêchait pas de lui fournir l'occasion d'explorer ses désirs les plus secrets en toute sécurité.

Beckett sourit en prévision de l'étape suivante. Si ce soir n'avait pas suffi à capturer l'attention d'Alyssa, ce qu'il avait en tête pour la suite y parviendrait à coup sûr.

Même si cela voulait dire qu'il faudrait lui révéler que l'inconnu pour qui elle se consumait de désir et l'homme qu'elle détestait le plus au monde n'étaient qu'une seule et même personne.

Chapitre 5

Alyssa était sans nouvelles de son inconnu masqué depuis deux jours. L'excitation intense qu'elle ressentait refusait de disparaître : elle était fébrile, et rien, pas même le travail, ne l'apaisait.

Elle n'aimait pas se sentir comme ça. Ne pas réussir à se maîtriser. Etre trop réactive. Ça lui rappelait l'époque où elle vivait avec son père et sa belle-mère et où elle passait son temps à marcher sur des œufs, tendue, appréhendant la pique qui ne manquait jamais de venir.

Tout lui rappelait cet homme. Sa chemise frôlant son ventre, la caresse d'un courant d'air dans son cou, l'odeur du café mêlée à celle de menthe… Il était partout.

Quelle idiote de penser à lui maintenant ! Elle ferait mieux de se concentrer sur Kayne et sur le moyen de le contrer. Mais elle n'y arrivait pas.

Elle inspira profondément et se força à faire le vide dans son esprit. Dans vingt minutes, Mitch et elle rencontreraient Vance Eaton pour lui présenter leur application touristique. C'était très important, il n'était pas question de laisser filer l'occasion. Elle savait très bien qu'ils n'auraient pas d'autre planche de salut. Il fallait absolument qu'elle se reprenne !

Deux heures plus tard, elle aurait bien crié de joie : ils

avaient gagné ! C'était la première fois depuis que Mitch lui avait annoncé qu'ils allaient devoir rembourser leur emprunt plus rapidement que prévu qu'elle se sentait aussi soulagée. Le poids qui l'écrasait avait disparu. Elle comprit alors à quel point cette situation l'avait terrifiée.

Tout ce qui leur restait à faire pour que Vance Eaton achète leur application, c'était régler deux ou trois points de détail. Mission accomplie. Le danger était écarté et Beckett Kayne neutralisé. A cette pensée, elle ne put s'empêcher d'afficher un petit sourire satisfait.

Au moment où elle passait la porte du bureau, Megan, la réceptionniste, une petite blonde aux cheveux courts et au visage espiègle, lui proposa de sortir le soir même. En temps normal, elle aurait refusé. Vu les circonstances, cependant, elle accepta l'invitation. Elle en fut la première surprise.

Ravie, Megan poussa un cri perçant et applaudit des deux mains.

— Je passe te prendre vers 20 heures !

Alyssa fit oui de la tête, résolue à en profiter. Un peu de bon temps lui ferait du bien ! Megan l'invitait systématiquement, mais elle n'était pas une fêtarde. Ce soir serait l'exception qui confirme la règle.

Peut-être que l'inconnu serait là... Cette perspective la fit frissonner. Il lui avait promis qu'ils finiraient ce qu'ils avaient commencé.

Elle rentra directement chez elle pour se préparer. Mais elle n'arrivait pas à se décider : quel maquillage, quelle tenue choisir ? Elle voulait se faire belle pour lui. A la simple idée qu'elle le verrait peut-être, elle en avait des papillons dans le ventre.

Cela ne lui était jamais arrivé. Jamais. C'était la toute première fois.

L'interphone sonna et elle entendit la jolie voix de Megan claironner :

— En voiture, jeune fille, on va être en retard !

Amusée, elle attrapa en vitesse son sac à main et un pashmina argenté qu'elle s'enroula autour des épaules. Elle ne se sentait pas très à l'aise dans sa minijupe en cuir et son haut à paillettes moulant, l'étole l'aiderait. Elle n'avait pas l'habitude de s'habiller comme ça, elle l'avait fait pour Megan.

Ce soir, elle voulait profiter de la vie. C'était bien ce que tout le monde faisait à La Nouvelle-Orléans !

Elles durent se frayer un chemin à travers la foule pour atteindre la voiture de Megan, garée quelques rues plus loin. Dans le quartier, les places valaient cher, mais ni l'une ni l'autre ne songèrent à se plaindre, tant elles étaient excitées.

Absorbée dans ses pensées, Alyssa comprit trop tard où sa collègue l'emmenait. La façade banale de l'énorme bâtiment devant lequel elles s'étaient garées affichait en grand : « A DÉCOUVERT »… Tout mais pas ça ! A la seule vue de l'ancien entrepôt et de la file mouvante de gens qui attendaient leur tour pour entrer, son enthousiasme faillit la déserter pour de bon.

Elle jeta un coup d'œil à Megan et se retint de justesse de lui arracher le volant des mains.

— Qu'est-ce qu'on fait là ?

Le méchant sourire que lui retourna Megan ne la rassura pas vraiment.

— Plus que de ses amis, c'est de ses ennemis qu'il faut être proche. Tu devrais réussir à grappiller quelques petites choses sur Kayne ici… T'inquiète, le copain de ma coloc est barman, il nous a inscrites sur la liste VIP.

Elle était prise au piège. Jamais Megan n'accepterait de la laisser partir. A moins de prétexter la fatigue après un verre ou deux ? Elle essaierait ça, et profiterait de l'occasion pour rentrer…

En attendant, elle dut suivre Megan, qui donnait déjà leurs noms au videur. Quand il les fit entrer, un concert de sifflements éclata dans la file.

Alyssa essaya de ne pas afficher une moue dégoûtée en passant la porte. A découvert ne lui déplaisait pas en soi, mais ce qu'elle pouvait détester Kayne ! Si seulement il pouvait être absent, ce soir ! Si seulement elle pouvait ne pas tomber sur lui ! Dans une salle de réunion, son cerveau commandait à son corps et elle avait pu se concentrer sur tout ce qui les opposait plutôt que sur son désir physique. Mais au beau milieu d'une boîte de nuit sombre et surpeuplée…

Megan la traîna derrière elle, refusant de la laisser seule à l'entrée. En un rien de temps, elles se trouvèrent au bar à commander un verre au barman. La musique, une espèce de heavy techno, était très forte. Alyssa sentait ses muscles tressaillir en rythme. Autour d'elles, la foule était presque aussi dense que celle qu'elles avaient laissée derrière elles à Canal Street. Au moins, c'était un avantage de taille : elle pouvait s'y cacher. C'était aussi la preuve que les affaires de Beckett Kayne marchaient bien, ce qu'elle savait déjà. Il possédait douze boîtes de nuit dans des villes américaines classées parmi les plus chères. Tout allait bien pour lui.

Etrangement, cette pensée la crispa plus encore. Elle balaya la foule du regard, s'attendant à le voir surgir, transformé en monstre des fonds marins.

Il lui fallut deux verres pour commencer à se détendre. Megan était déjà sur la piste depuis longtemps et l'avait invitée à venir la rejoindre à plusieurs reprises, mais elle n'avait toujours pas quitté son siège.

— Allez, espèce de rabat-joie, viens avec moi !

Megan était revenue vers elle, dans une dernière tentative, et la tirait par le bras. Alyssa finit par céder, soit que l'alcool commence à faire effet, soit qu'elle ne veuille plus se battre contre l'insistance têtue de son amie.

Elle se trouva alors au milieu d'une foule de gens. Ils étaient tous plus beaux les uns que les autres, mais couverts de sueur et complètement soûls. Megan s'était déjà fondue dans la masse, à la recherche des amis qu'elle s'était faits. Alyssa la vit rire et se pencher vers un homme qui lui hurlait quelque chose à l'oreille.

Elle se laissa alors aller, son corps suivant instinctivement le rythme de la musique et du clignotement des lumières laser. Elle sentit en elle un bourdonnement gagner en intensité.

Soudain, des mains se posèrent sur ses hanches, et elle se retrouva plaquée contre un corps solide. L'espace d'un instant, son cerveau embrumé eut l'espoir qu'il s'agissait de l'inconnu masqué. Mais non. Le corps derrière elle était très agréable, mais son instinct lui disait que ce n'était pas le bon.

Elle décida malgré tout de profiter de la situation : l'alcool aidant, l'attirance que cet homme avait pour elle lui plaisait. Etre désirée était en soi séduisant. Et la façon dont il imprimait à leurs deux corps le rythme de la musique était d'une sensualité folle et lui confirmait qu'il avait envie d'elle. Amusée par ce jeu, elle se laissa guider, tout en essayant d'invoquer d'autres mains, d'autres hanches.

Tout à coup, son partenaire la lâcha. Sous le coup de la surprise, elle se retourna d'un bloc, cherchant une explication.

Quand elle vit ce qui était en train de se passer, l'air lui manqua.

Beckett Kayne tenait l'homme par la nuque. Il ne serrait

pas, mais affichait une expression qui en disait long sur son énervement. Se penchant à l'oreille de son captif, il lui murmura quelque chose. Le pauvre type ouvrit grand les yeux et lui jeta un regard en coin, avant de revenir à Beckett. Puis il fit brièvement oui de la tête, autant, du moins, que la main posée sur sa nuque le lui permettait.

Beckett fit une grimace, puis libéra l'homme, gardant la main en l'air comme s'il se réservait le droit de revenir sur sa décision.

Tout du long, elle avait retenu son souffle. Elle n'avait pas bougé d'un cil, attendant de voir l'issue de l'affrontement, déchirée par l'angoisse et le plaisir — coupable — de se savoir désirée.

Toutes les femmes présentes avaient les yeux rivés sur Beckett Kayne. Il aurait fallu être aveugle pour ne pas s'en rendre compte. Les muscles de son torse et de ses bras saillaient sous son T-shirt noir, le malmenant, et son jean était très ajusté.

Il était terriblement sexy... Certes, le physique ne faisait pas tout, mais quand même !

Alyssa se reprit. Sexy ou non, il s'était tout de même mêlé de ce qui ne le regardait pas ! Se rapprochant de lui, elle lui jeta au visage :

— Vous pouvez me dire ce que vous êtes en train de faire ?

— Je vous épargne une erreur stupide.

— Depuis quand danser avec quelqu'un en boîte est une erreur stupide ?

Elle vit alors ses yeux briller d'une lueur dangereuse. Il se rapprocha d'elle. Pourquoi voulait-elle, espérait-elle même, le voir poser les mains sur ses hanches, comme le type l'avait fait ?

C'était absurde. Ça ne pouvait pas être ce qu'elle voulait. Ou plutôt pas exactement.

Quand il lui prit la main et se mit en marche, elle se débattit un peu, surtout pour la forme.

La foule s'écarta devant lui comme la mer Rouge devant Moïse. C'était vraiment rageant. Si elle avait voulu lui échapper, il lui aurait sûrement fallu se battre contre cette même foule. C'était pénible de voir à quel point tout était facile pour lui.

Il était né avec une cuillère en argent dans la bouche, ça crevait les yeux. Tout lui avait toujours été offert sur un plateau. Et, quand on essayait de le priver de quelque chose, il retombait sur ses pieds... avec une agilité déconcertante.

Il s'arrêta soudain. Ils se tenaient devant une porte dérobée. Elle entra à sa suite dans un couloir obscur qui débouchait, après une volée de marches, sur un bureau. Il lui lâcha la main à la seconde où ils pénétrèrent dans la pièce, et elle sentit sa peau la picoter, comme si le contact lui manquait déjà. Elle n'aimait pas ça.

Elle secoua les doigts pour congédier la sensation, puis finit par croiser les bras. Ses yeux se posèrent sur l'immense panneau vitré qui couvrait la totalité du mur et donnait sur l'intérieur de la boîte de nuit.

— Je n'aurais jamais deviné que cet endroit cachait un bureau. D'en bas, on ne voit absolument rien, dit-elle en s'approchant de la vitre pour avoir une meilleure vue sur la salle.

— Tant mieux.

Il se tenait juste à côté d'elle, et répéta sa question :

— Vous pouvez me dire ce que vous faites ici, Alyssa ?

— Je suis venue avec une amie. Elle doit se demander ce que je fais, d'ailleurs.

Elle ressentit comme un choc quand il se détourna

de la foule pour la regarder. Ils étaient seuls, coupés du reste du monde — et notamment de la musique — par l'épaisseur de la vitre.

— J'ai dit à mes agents de la prévenir que vous étiez avec moi.

Il avait eu le temps de faire ça ? Quand ? Pas depuis son apparition sur la piste, elle était au moins sûre de ça. Une pensée traversa soudain son esprit.

— Vous me surveilliez ?

— Oui, répondit-il sans chercher à s'expliquer, à se justifier ou à s'excuser.

Il était honnête, et cet aveu lui fit l'effet d'une gifle. Loin au-dessus de la foule déchaînée, elle se sentait flotter. Peut-être que cette légèreté était due à autre chose, mais elle préférait ne pas se l'avouer pour le moment.

— Pourquoi ?

— Disons que je ne m'attendais pas du tout à vous voir ici.

Cette réponse l'irrita.

— Pourquoi ? Parce que ce n'est pas mon style ?

Elle vit son beau visage s'assombrir.

— Non, parce que je crois savoir ce que vous pensez de moi.

Elle ne put retenir un mouvement de surprise.

— Ah ? Et alors ? Qu'est-ce que je pense de vous ?

— Que je ne vaux pas grand-chose.

Alyssa le railla.

— On aura tout vu ! Depuis quand un entrepreneur sans scrupules qui surveille son domaine du haut de sa tour comme les seigneurs d'autrefois quémande des caresses ?

Elle n'eut pas plus tôt prononcé ces mots qu'elle sentit la température grimper et l'atmosphère se charger de quelque chose d'inquiétant. Elle crut reconnaître l'odeur de la passion…

Il se rapprocha d'elle jusqu'à la toucher et plongea les yeux dans les siens.

— Puisqu'on parle de caresses…

Alyssa inspira précipitamment. Elle était comme pétrifiée par ses paroles et son regard. Elle sentit sa gorge se dessécher, l'empêchant de libérer le cri qui la dévorait de l'intérieur. Le reste de son corps, lui, s'éveillait lentement, en proie à une excitation grandissante.

Non ! Elle ne voulait pas de ça. N'en avait pas besoin.

Elle se força à murmurer :

— Vous allez devoir trouver quelqu'un d'autre…

Il eut un sourire de loup, et elle sentit le feu qui brûlait en elle redoubler d'ardeur.

Mais il sembla soudain se rendre compte qu'il était allé trop loin et recula d'un pas. Elle en profita pour prendre une profonde inspiration.

Il était plus que temps pour elle de s'en aller. Pourtant, elle resta. Debout devant la vitre, elle se plongea dans l'observation des mouvements de la foule à ses pieds. Elle repéra Megan entre deux hommes qui semblaient ravis d'être la cible de ses attentions.

Au bout de quelques minutes, elle sentit ses épaules se détendre.

— Vous parvenez à vous faire une image ? finit par lui demander Beckett.

— Une image de quoi ?

Inclinant la tête de côté, il lui décocha un regard qui en disait long.

— Des écrans. Des caméras. De l'interaction que pourrait créer votre application.

Il faisait des gestes en direction du plafond, donnant forme à des images qu'elle voyait se dessiner bien malgré elle. Et, si elle les voyait aussi bien, c'est parce qu'elle avait fini par lire sa proposition commerciale. Ce qu'elle avait découvert l'avait anéantie. Il avait conçu quelque chose qui allait tout à fait dans le sens de ce qu'elle-même avait imaginé pour cette application.

Elle avait voulu un outil capable de mettre à bas les barrières entre les gens, de les rapprocher.

Si n'importe qui d'autre que lui lui avait fait cette proposition, elle aurait aussitôt dit oui.

Mais hors de question qu'il le sache !

— Non, pas du tout, répondit-elle d'une voix dure avant de quitter la pièce en coup de vent.

Les mots d'Alyssa le blessèrent profondément. Pourquoi y accordait-il une telle importance ? Cela faisait pourtant longtemps qu'il ne s'inquiétait plus de savoir ce que les gens pensaient de lui. Quel pouvoir cette femme avait-elle sur lui pour qu'il soit aussi sensible à ses paroles ?

Il devait l'oublier. Essayer, du moins. Mais c'était impossible. Pas tant qu'elle était dans le même endroit que lui, à danser, boire, flirter avec des inconnus. Il était incapable de se concentrer sur autre chose.

Il n'arrêtait pas de repenser au strip-tease qu'elle lui avait offert, mais les images du crétin qui l'avait forcée à danser avec lui se surimprimaient, le mettant à l'agonie. Pas question qu'elle se déshabille pour un autre type !

Il finit par se rendre à l'évidence qu'il n'arriverait pas à travailler, et se rapprocha de la grande vitre qui donnait sur la salle.

Il la repéra immédiatement — peut-être avait-il un sixième sens dès qu'Alyssa Vaughn était concernée.

Il aperçut l'amie avec qui elle était venue, une minuscule jeune femme qui disparaissait quasi complètement entre deux hommes bien plus grands qu'elle. Il fallait dire aussi que ses cheveux blond platine étaient difficiles à manquer ! En attendant, elle semblait ne rien avoir à redire au duo à quatre mains qui se jouait sur son corps.

La nuit risquait d'être longue pour ces trois-là...

A quelques mètres de là, Alyssa semblait tout ignorer des regards de convoitise dont elle était l'objet. Elle tenait à la main un verre rempli d'une boisson rose. Vu son état, c'était loin d'être son premier.

La fois où elle avait dansé pour lui et rien que pour lui, il avait trouvé ses mouvements gracieux et fluides. Ce soir, son corps paraissait fait d'argent liquide, tant il semblait se mouvoir sans effort. Les yeux clos, elle donnait l'impression de vivre la musique.

Il s'aperçut bientôt qu'un petit cercle de spectateurs s'était formé autour d'elle. Chacun essayait à son tour de l'inviter à danser mais, dès qu'elle sentait le moindre contact sur son corps, elle se tournait dans une autre direction. C'était pourtant évident, elle n'était pas intéressée !

Il se força à rester dans son bureau. Cinq minutes s'écoulèrent, dix... Au bout d'un quart d'heure, tous ses muscles lui faisaient mal tant il était tendu.

Mais il n'eut pas le temps de le regretter.

Alors qu'Alyssa commandait un autre verre au bar, un homme se pencha vers elle et lui hurla quelque chose dans l'oreille. Comme elle se tournait vers lui pour lui répondre, un autre homme en profita pour verser quelque chose dans son verre.

— C'est pas vrai..., grogna sourdement Beckett.

Il s'empara de la même radio que tous ses agents de sécurité et aboya aussitôt ses ordres à son chef d'équipe.

— Un type trafique les boissons au bar. Presque la

trentaine, blond, avec un T-shirt rouge. Il a un acolyte. Amenez-les-moi.

Le cœur battant à cent à l'heure, il se précipita ensuite sur la piste, écartant sans ménagement les danseurs devant lui. Pourquoi n'avait-il pas pensé à munir ses barmans de radios ! Il le ferait dès le lendemain. C'était rageant de ne pas pouvoir entrer en contact avec eux, de n'avoir aucun moyen d'empêcher Alyssa de boire sa boisson trafiquée…

Quand il la vit, il comprit qu'il arrivait trop tard. Le verre était déjà bien entamé. Elle ne semblait rien comprendre à la scène qui se déroulait sous ses yeux. Les agents de sécurité étaient déjà sur place, et deux d'entre eux, plutôt costauds, avaient saisi les fautifs au collet. Il avait besoin de les interroger pour savoir de quelle drogue ils s'étaient servis, aussi furent-ils traînés à l'arrière du bâtiment, les mains dans le dos. Ils eurent beau se débattre, hurler, protester, personne ne chercha à leur venir en aide. La foule se contenta de s'écarter, ouvrant des yeux ronds devant cette arrestation. Beckett eut un sourire satisfait : il payait cher ses agents de sécurité, mais le résultat était là. Rares étaient ceux qui cherchaient à en découdre avec ses hommes, tant ils paraissaient intimidants.

Passant un bras autour de la taille d'Alyssa, il l'entraîna dans le sillage des quatre hommes.

— Vous faites quoi, là ? demanda-t-elle en se débattant.

— Je vous sauve la mise.

— Je n'ai pas besoin que vous me sauviez la mise ! J'ai juste besoin que vous me fichiez la paix.

Elle se débattit de plus belle, lui glissa entre les doigts et partit se réfugier au bar, où elle avait laissé son verre. Elle voulut le finir, mais il s'interposa de nouveau.

Il le lui arracha des mains, faisant tomber dans un même

geste contenant et contenu. Le barman, qui devait avoir une idée de ce qui s'était passé, attendait ses instructions.

— Nettoie-moi ça, lui ordonna-t-il, pendant qu'Alyssa lançait un tonitruant : « Vous vous foutez de moi ? »

Elle le bouscula et ce fut trop pour lui. Quelqu'un avait essayé de la blesser. Voire de la violer. Et c'était à lui qu'elle s'en prenait !

Il l'accula dos au bar et colla son visage à quelques centimètres du sien. Les yeux dans les yeux, il souffla d'une voix sourde :

— Deux connards viennent de trafiquer votre cocktail. Ça vous embêterait de coopérer, histoire que j'aie une chance de savoir quelle drogue ils ont utilisée ? J'essaie de vous aider.

Elle en resta bouche bée et il eut le plus grand mal à se retenir d'embrasser ses lèvres entrouvertes. Mais ce n'était ni le lieu ni le moment. Dommage…

Il entendit alors un petit cri étranglé, et la vit s'affaisser contre le bar. Il lui passa de nouveau le bras autour de la taille et l'attira à lui pour la protéger.

Elle ne chercha pas à se débattre, cette fois, et le suivit gentiment, alors qu'il se frayait un passage dans la foule.

Quand ils atteignirent le couloir calme et sombre qui menait à son bureau, la radio qu'il avait fixée à sa hanche crépita.

— C'est du GHB, patron.

Il jura.

— Qu'est-ce que ça veut dire ? demanda Alyssa d'une si petite voix qu'il en eut mal pour elle.

Il aurait aimé pouvoir se défouler sur quelque chose. Ou quelqu'un.

Amenant la radio à sa bouche, il lança :

— Appelle les flics. Signale le délit. Ça m'étonnerait que

leur casier soit vierge. Ensuite, tu les mettras sur la liste noire. Je ne veux plus jamais les revoir chez moi !

Il avait horreur des prédateurs ! Surtout quand ils pensaient pouvoir s'inviter chez lui et faire de ses boîtes de nuit leur terrain de jeu.

Plus jeune, il aurait réglé ce problème tout seul, et les aurait réduits en poussière : personne n'avait le droit de faire du mal à Alyssa. Mais il ne pouvait pas.

— Vous voulez leur parler, patron ?

Il était suffisamment lucide pour savoir qu'il aurait toutes les peines du monde à se maîtriser s'il se trouvait en leur présence.

— Non. Dis aux flics que je m'occupe de la victime et qu'elle fera sa déposition demain. Appelle-moi sur mon portable au cas où. Des questions ?

— Non. C'est tout bon.

C'était d'Alyssa qu'il fallait s'occuper. Le GHB avait une action rapide, et elle n'allait pas tarder à en ressentir les effets.

Il ne ralentit pas tant qu'ils n'eurent pas atteint son parking personnel, situé juste derrière la boîte de nuit. Il préférait avoir un parking à lui ; l'accès en était plus facile à contrôler.

Sa Maserati, d'un noir de jais, était garée juste à côté de la porte. Il adorait les voitures basses aux lignes épurées. C'était un des premiers cadeaux qu'il s'était faits quand A découvert avait commencé à avoir du succès. Le modèle en question n'était ni le dernier ni le meilleur, ce que son père ne manquait pas de lui rappeler à chaque fois qu'ils se voyaient. Il s'en moquait ; il aurait très bien pu se payer le tout dernier modèle, s'il en avait eu envie. Mais cette voiture était la sienne. Il l'avait achetée avec son argent. Et il en était très fier.

Il ouvrit la portière passager et aida Alyssa à s'installer. Elle hésita quelques secondes, puis s'assit sans rien dire.

Il n'y a pas de petits miracles, pensa-t-il.

Il s'installa au volant et démarra avant même qu'elle ait eu le temps d'attacher sa ceinture.

— Envoyez un message à votre amie. Expliquez-lui ce qui s'est passé et dites-lui que vous allez bien.

— Qu'est-ce qui s'est passé ? demanda-t-elle en prenant son téléphone.

— Vous avez ingéré du GHB. La drogue du violeur.

Elle sursauta.

— Faites demi-tour !

Il lui jeta un coup d'œil et vit qu'elle était hors d'elle. Enfoncé dans le cuir du siège, son corps semblait vibrer sous le coup d'une fureur qu'elle peinait à contenir. Elle rougissait à vue d'œil. Ses yeux verts brillaient d'une lueur déterminée et dangereuse.

— Pourquoi ?

— Pour que je les tue !

Il éclata de rire. Elle en aurait bien été capable : elle était menue mais musclée, et ses coups de poing devaient faire mal. Et puis, elle était dans son bon droit, et il aurait aimé pouvoir exaucer son désir. Sans parler du plaisir qu'il aurait eu à la voir se mettre dans une rage folle !

Mais il savait que sa férocité ne résisterait pas aux assauts de la drogue.

— Une autre fois, princesse.

Reportant sa colère sur une cible plus accessible, elle le fusilla du regard. Il frissonna, mais garda les yeux sur la route.

— Où est-ce que vous m'emmenez ?

— Chez moi.

— Non. Ramenez-moi chez moi.

Il secoua la tête.

— C'est mardi gras, Alyssa. Vous habitez dans le quartier français. La drogue va bientôt agir, et je vous assure que vous ne serez bientôt plus en état de vous battre contre quoi que ce soit.

— Je me débrouillerai, gronda-t-elle.

— Vous avez déjà pris du GHB ?

— Non.

Il lui lança un regard acerbe.

— Vous allez devenir très tactile et vous sentir euphorique. Plutôt excitée aussi — sexuellement, je veux dire. Vous êtes sûre que vous préférez rester seule ?

— Ça vaudra toujours mieux que d'être avec vous. Je ne vous fais pas confiance.

Il haussa les épaules.

— Comme vous voudrez. Mais je n'abuse pas de femmes ivres ou droguées.

Il vit passer sur son visage une ombre inquiétante. Elle pinça les lèvres. Elle était furieuse contre lui pour une raison qu'il ignorait.

Mais il n'avait pas vraiment le temps de s'en inquiéter.

— J'ai appelé une amie urgentiste. Elle va passer pour vous ausculter et vous faire une prise de sang. La police aura besoin d'un dépistage pour incriminer les coupables.

Il se gara dans le parking souterrain situé sous son immeuble, puis sortit de sa voiture sans attendre la réponse d'Alyssa et s'apprêta à ouvrir sa portière.

Mais elle fut plus rapide que lui. Elle bondit hors de la Maserati et retomba sur le sol, les jambes écartées et les poings serrés. Elle lui jeta un regard noir, soufflant comme si elle venait de courir plusieurs kilomètres. Il essaya de ne pas se laisser perturber par la vue de sa poitrine qui se soulevait rapidement. Sans succès.

Il la vit ouvrir la bouche, manifestement sur le point de lui dire quelque chose de blessant mais, avant qu'elle ait pu le faire, une expression étrange se peignit sur son visage, et elle se mit à tanguer.

Il jura tout bas et se précipita pour la rattraper avant qu'elle ne tombe.

Son corps s'affaissa contre la voiture. Son regard vert pâle, d'habitude si perçant, était dirigé vers lui, mais elle avait les yeux dans le vague et les pupilles dilatées.

Avec beaucoup de soin, il replaça derrière ses oreilles des mèches de cheveux qui s'étaient libérées de sa queue-de-cheval haute.

Elle referma alors la bouche avec un claquement sec. Gémit tendrement tout en cherchant à frotter ses joues contre ses doigts. Et, soudain désireuse de contact physique, se rapprocha de lui.

Il essaya de se persuader que, dans son état, n'importe qui aurait fait l'affaire. Elle était droguée. Mais difficile de convaincre son corps de faire le distinguo, quand elle cherchait par tous les moyens à se pelotonner contre lui.

Il eut toutes les peines du monde à lui faire lâcher sa main. S'écartant d'elle, il se baissa pour être à sa hauteur et, la regardant droit dans les yeux, voulut encore la rassurer :

— Vous êtes en sécurité avec moi, Alyssa. Je vous le jure. C'est dans une de mes boîtes de nuit que vous avez été droguée. Laissez-moi prendre soin de vous.

Elle fit lentement oui de la tête et essaya de s'écarter de la voiture. Comme elle titubait, il la prit dans ses bras.

Elle l'enlaça alors et posa la tête contre sa poitrine. Le soupir qu'elle poussa le fit frissonner.

Ils n'étaient plus très loin de son appartement, heureusement ; son agonie ne durerait plus longtemps.

Soudain, il sentit qu'elle posait un baiser brûlant sur sa

peau. Il faillit craquer. Elle continua à l'embrasser, sur le cou, l'épaule. Il crut devenir fou.

Ses doigts se posèrent sur le col de sa chemise, cherchant à découvrir davantage de peau. Chaque muscle de son corps lui hurlait de lui donner ce dont elle avait envie. Ce dont ils avaient tous les deux envie.

Mais il le regretterait. Et elle aussi — si elle s'en souvenait. Or il ne voulait pas de regrets entre eux.

Il voulait qu'elle se souvienne de chaque seconde de la première fois où ils feraient l'amour.

Il essaya donc de lui faire lâcher ses vêtements, mais c'était comme se battre avec une pieuvre. Elle était bien plus forte qu'il ne le soupçonnait. Surtout quand elle avait quelque chose en tête.

Il l'en désira d'autant plus.

Quand elle se décida finalement à le lâcher, tous ses doutes sur sa possible frigidité étaient levés. Il s'interdit de penser à ce à quoi pourrait ressembler leur première nuit. Pas évident.

Il arriva enfin devant sa porte d'entrée et souffla de soulagement. Alyssa ne jeta pas un coup d'œil à l'appartement, absorbée qu'elle était par ses caresses et ses baisers.

— J'adore ta peau... à la fois douce, soyeuse et..., ronronnait-elle en passant ses lèvres sur son cou.

— J'aurais préféré un autre type de compliment, princesse, la taquina-t-il, notant avec un trouble accru son passage au tutoiement.

— Mais tu es si doux ! insista-t-elle mollement. Une peau lisse et douce sur des muscles d'acier... C'est quoi ton secret, dis ? Tu passes quatre heures par jour en salle de muscu ?

Il réprima un rire.

Elle lui caressa le ventre, et ses abdominaux se contractèrent aussitôt. Il en voulait plus. Il avait l'impression d'être en manque.

— Tu devrais être illégale, fit-il, décidant de la tutoyer à son tour. Comment je fais pour te résister, moi ?

Elle s'écarta de lui, et plongea les yeux dans les siens.

— Ce que tu es beau !

— Tu es sûre que tu n'as pas de meilleur compliment à me servir ? demanda-t-il dans un murmure que son désir rendait rauque.

— Mais je t'assure !

De la distance, il lui fallait de la distance ! Il la posa debout devant lui et essaya de s'écarter d'elle. Mais, là encore, elle tituba.

Il en avait presque oublié qu'elle était sous GHB. Son excitation retomba aussitôt.

Il l'aida à s'asseoir sur le lit de la chambre d'amis. Sa petite jupe en cuir se retroussa, dévoilant presque toutes ses cuisses, mais elle ne parut pas s'en rendre compte, ou du moins s'en offusquer.

Il s'agenouilla pour lui enlever ses sandales. Aussitôt, le souvenir de la nuit où il l'avait surprise se déshabillant lui revint en mémoire, et il la revit défaire ses chaussures, penchée sur sa cuisse longue et pâle.

Ce n'est pas le moment. Vraiment pas, se sermonna-t-il.

Alyssa se rapprocha de lui et lui caressa les épaules et le dos. Elle trouva le col de sa chemise et passa les mains dessous.

Il inspira profondément. Ses mains, la première autour du mollet d'Alyssa et la seconde autour de sa cheville, se crispèrent. Il ne voulait pas lui faire mal, mais il était vraiment à deux doigts de lui sauter dessus.

— Arrête, s'il te plaît, gronda-t-il.

— Pourquoi ? demanda-t-elle d'un ton rêveur.

— Parce que tu n'as pas conscience de ce que tu es en train de faire.

Il lui fit poser les mains sur les genoux et mit les siennes dessus.

— Je ne suis vraiment pas loin de craquer, princesse. Si tu n'y mets pas un peu du tien, on risque tous les deux de le regretter.

Elle lui jeta un regard plein de détresse qui lui transperça le cœur.

— Tu regretterais de coucher avec moi ? Mais je ne vois pas pourquoi ça me surprend… Je n'ai pas tant changé que ça, depuis la dernière fois.

— Regretter ? Moi ? Tu parles, depuis notre première rencontre, je ne pense qu'à ça ! Ce qui m'importe, ce soir, c'est que, toi, tu ne le regrettes pas. Je dis ça, mais peut-être que tu ne t'en souviendrais même pas, en fait.

Il ne se rendit compte de la portée de ses paroles qu'une fois les mots prononcés. Trop tard pour essayer de se rattraper. Mais Alyssa n'eut pas l'air d'avoir saisi l'étendue de la révélation. Elle s'était arrêtée au fait qu'il la désirait.

Il se sentit immensément soulagé — en même temps qu'un tant soit peu coupable.

Elle insista :

— Laisse-moi te toucher. S'il te plaît ! Puisque je ne m'en souviendrai pas, pourquoi tu ne me laisses pas faire ce que je veux ?

La tentation était trop forte. Comment résister à une telle demande de la part de la femme de ses rêves ? Elle le désirait autant que lui !

Il leva donc les bras en l'air et la laissa lui enlever sa chemise. Il n'irait pas plus loin, se promit-il. Ne toucherait pas à un seul de ses habits.

Il sentit des doigts légers comme un souffle partir à

la découverte de sa peau, s'aventurer dans les creux de ses abdominaux, remonter le long de ses côtes. Il la vit se mordre les lèvres de plaisir. Il aurait voulu l'en empêcher, embrasser les marques que ses dents creusaient dans sa chair et goûter à la douceur de ses lèvres.

Mais il ne se faisait pas confiance.

Il se força donc à rester à genoux devant elle et à la laisser poursuivre son exploration. Sous ses caresses expertes, il renversa la tête en arrière, éperdu de plaisir.

Quelle torture ! C'était pire que la fois où il l'avait vue se déshabiller, hors de sa portée. En cet instant, elle était là, devant lui. Consentante. Impatiente même.

Mais il n'en avait pas le droit.

Qui aurait pensé à inventer un tel supplice ?

Il se sentait partagé entre l'espoir qu'elle s'évanouisse rapidement et le désir qu'il n'en soit rien.

La nuit promettait d'être longue...

Chapitre 6

L'interphone d'Alyssa sonna et la voix étouffée de Megan retentit.

— Si tu ne m'ouvres pas tout de suite, je laisse tomber l'énorme colis que j'ai dans les bras !

Etant donné ce qui s'était passé la veille au soir, Alyssa s'attendait à ce que son amie lui rende visite. Elle avait vérifié sur son téléphone : elle lui avait bien envoyé un message pour la prévenir qu'elle avait été droguée et qu'elle passait la nuit chez Beckett Kayne. Mais quelle amie se serait contentée de ces quelques lignes ? Megan était très curieuse, et ne la lâcherait pas avant d'avoir eu l'histoire en entier.

Sauf qu'elle ne se souvenait de rien ! Quelle angoisse… Elle en avait presque honte. Elle s'était réveillée dans la chambre d'amis de Beckett. Seule. Et habillée, ce qui était plutôt une bonne chose.

De vagues souvenirs lui étaient progressivement revenus. Elle s'était rappelé sa fureur, quand elle avait appris qu'elle avait été droguée, puis quand Beckett lui avait annoncé qu'il la ramenait chez lui. Et… peut-être… de ses doigts sur la peau nue de son hôte. Mais tout cela pouvait très bien n'avoir été qu'un rêve…

Le matin même, elle était entrée d'un pas mal assuré dans la cuisine de Beckett, les paupières lourdes, un peu perdue. Il lui avait tendu une tasse de café et juré qu'il ne s'était rien passé entre eux. Rien, vraiment ? Ah bon... Elle en avait conçu une pointe de déception, qu'elle avait tout de suite étouffée. D'après l'amie urgentiste de Beckett qui l'avait auscultée, elle n'avait pas à s'inquiéter. Elle avait donc remercié son sauveur, décliné qu'il la raccompagne, et était repartie en taxi.

Pourquoi se sentait-elle gênée, alors ? C'était vraiment pénible ! Normalement, c'était au lendemain de nuits de folie passées en compagnie de parfaits inconnus qu'on se sentait gêné... Pas quand on avait été privé du moindre plaisir !

Elle se faisait toujours avoir...

Elle coupa court à ses sombres pensées et alla ouvrir à Megan. Autant que le sujet soit évacué au plus tôt. De toute façon, elle ne travaillait pas, aujourd'hui. Fixer des lignes de code ne lui semblait pas la meilleure idée pour remettre sur pied son esprit encore embrumé par la drogue.

Megan fit son apparition quelques instants plus tard, cachée derrière une énorme boîte dorée. Elle réussit malgré tout à claquer la porte derrière elle, puis avança en chancelant jusqu'à la cuisine, avant de lâcher son fardeau sur le comptoir.

— Qu'est-ce que c'est que ça ? demanda Alyssa d'un air sceptique en lorgnant la boîte, qui faisait bien soixante centimètres sur un mètre.

— Qu'est-ce que j'en sais ? C'est toi, la destinataire ! Le livreur est arrivé au même moment que moi, alors je me suis dit que j'allais te rendre service, répondit Megan en écartant de son visage les mèches qui lui tombaient devant les yeux.

De plus en plus étrange…

Alyssa fit courir sa main sur le dessus de la boîte, dont la surface était lisse et brillante. Un ruban bordeaux, terminé par un nœud parfaitement réalisé, entourait le paquet.

Elle sentit l'excitation l'envahir. Devait-elle culpabiliser de la joie qu'elle éprouvait à recevoir ce cadeau ? D'espérer que son inconnu masqué soit derrière tout ça ? Elle n'avait pas eu de ses nouvelles depuis bientôt trois jours, elle était désespérée.

Pour ne rien arranger, elle n'arrêtait pas de penser à Beckett Kayne. Il n'avait rien à faire dans ses pensées, elle ne voulait pas de lui ! Pourquoi est-ce que tout était si confus ? Pourquoi se sentait-elle plus en sécurité avec un inconnu qu'avec un homme qu'elle connaissait ?

Elle finit par ranger ses questions dans un coin de sa tête, revenant à ce mystérieux présent. Les anniversaires et les fêtes de Noël n'avaient jamais vraiment été ses moments préférés. Elle avait toujours eu des cadeaux, mais ils faisaient grise mine en comparaison de la montagne de paquets qui attendait Mercedes au pied du sapin ! Elle n'enviait pas les gadgets électroniques, habits et bijoux dont sa sœur était comblée, mais reprochait à ses propres cadeaux leur côté pratique. Elle n'aurait pas cru que l'humiliation serait encore si présente…

Elle se souvenait encore de la douleur physique qui la prenait, ces jours-là ! Mais les cadeaux de Mercedes étaient le dernier de ses soucis. Tout ce qu'elle voulait, c'était que son père se rende compte de la différence de traitement entre elles…

En grandissant, elle s'était fait une raison. Pour tirer le maximum de ses quelques cadeaux et faire durer le plaisir, elle s'était inventé un jeu : deviner ce que les paquets renfermaient.

Elle sourit tristement à ce souvenir. Puis, cédant au plaisir du jeu, elle soupesa la boîte et fut surprise de la trouver si légère : Megan lui avait donné l'impression de porter un éléphant !

— C'était vraiment galère… la faute à mes petits bras, je suppose, soupira Megan en y jetant un coup d'œil.

Alyssa éclata de rire. Pourquoi était-elle excitée comme ça ? Est-ce qu'elle n'avait pas assez souffert de la déception ? Mais impossible de se calmer.

— C'est vrai que la boîte est presque plus grande que toi…

— Va te faire voir ! s'insurgea Megan en montrant les dents, et Alyssa redoubla d'hilarité.

Megan faisait moins d'un mètre cinquante. Toute fluette, elle avait les cheveux courts, blond pâle, un menton pointu et de grands yeux bleus. Tout en elle était aérien. Plus d'un homme se serait battu pour prendre soin d'elle. Mais, sous ses airs de fragilité, c'était une femme forte.

Alyssa l'entendit grommeler quelque chose, puis vit qu'elle lui vidait d'un trait son verre de vin. Megan fixa alors sur elle son regard impatient, dans lequel perçait une touche d'exaspération.

— Qu'est-ce que tu attends pour ouvrir ?

— Oui oui, deux secondes ! répondit Alyssa sans cesser de fixer le paquet, comme si elle voyait au travers.

Inspirant profondément, elle souleva la boîte et la secoua. Elle entendit aussitôt un bruissement, suivi d'un bruit sourd. Elle sentit la boîte vibrer sous le poids de quelque chose de dur.

— C'était quoi ?

Alyssa haussa les épaules. Sans le bruit étouffé, elle aurait parié pour des vêtements. Elle avait reçu suffisamment de chaussettes, sous-vêtements et sweaters immondes pour reconnaître le bruit du tissu glissant sur du carton. Mais l'autre bruit l'intriguait, et compliquait un tant soit peu son petit jeu de devinettes.

Elle pencha le présent dans l'autre sens et entendit exactement la même chose.

Megan tendit soudain les bras en direction de la boîte et essaya de la lui arracher des mains.

— C'est pas vrai, tu l'ouvres, oui ou non ? Sinon c'est moi qui le fais. Tu n'as pas hâte de savoir ce qu'il y a dedans ?

Bien sûr que si ! Mais, et le plaisir de la devinette, alors ? Et puis… elle aimait entretenir le fantasme que son inconnu masqué puisse être à l'origine de cette surprise.

Soulevant le paquet à bout de bras, elle le mit hors de portée de son amie, avant de lui sourire d'un air plein de condescendance et de malice.

— Ma bichette…

Megan souffla et croisa les bras, manifestement résolue à attendre. Sans talons, Alyssa mesurait plus d'un mètre quatre-vingts, alors avec ceux qu'elle portait… Megan n'aurait pu atteindre la boîte qu'en montant sur un tabouret.

L'excitation d'Alyssa finit par l'emporter. Elle posa la boîte sur le bar et défit le nœud. Le ruban glissa silencieusement. Elle souleva le couvercle et le jeta derrière elle sans regarder où il atterrissait.

Ecartant des feuilles de papier de soie noir si fines qu'elles en étaient presque transparentes, elle plongea les yeux au fond de la boîte… Elle n'aurait jamais deviné.

Megan étouffa une exclamation de stupeur, qui se transforma en un soupir éloquent.

Alyssa déglutit, les yeux soudain humides. C'était magnifique ! Sans doute le plus beau cadeau qu'elle ait jamais reçu. Plutôt pathétique, non ? Mais elle ne s'arrêta pas à ça. Hors de question que des souvenirs amers lui gâchent la joie présente !

C'était une robe. Un costume de carnaval plutôt. Fait dans un tissu si aérien qu'il donnait l'impression de flotter. Elle promena les doigts dessus. Quelle douceur ! De la soie ? Le tissu était d'une finesse, d'une fragilité... Ce vêtement avait dû coûter les yeux de la tête ! Les couleurs aussi étaient légères, subtiles. Du bleu, du violet, du noir brillants, qui s'accordaient presque parfaitement aux couleurs de son tatouage, cette petite fée peinte sur ses côtes.

Elle était dans tous ses états.

Et ce n'était pas tout : nichée au creux de la robe, une paire d'ailes composée d'une légère armature en métal et du même tissu chatoyait.

Elle caressa l'ensemble. Il avait tout vu. S'était souvenu du moindre détail. Et lui avait offert une tenue se mariant parfaitement au dessin qu'elle s'était fait graver sur la peau. Elle sentit ses doigts la picoter, puis ses épaules, son dos et enfin, avec une pointe de douleur, son ventre.

Contemplant la robe, elle lutta contre son excitation. Son désir la reprenait, elle s'imaginait déjà des mains puissantes la déshabillant... Mais l'inquiétude la saisit tout aussitôt. Une boule de joie s'épanouissait dans sa poitrine ; seulement, le sentiment, trop intense, lui faisait peur.

Depuis combien de temps ne s'était-elle pas sentie aussi heureuse ? Tout ça pour un homme qu'elle ne connaissait absolument pas... Elle avait des raisons de s'inquiéter.

Elle ne faisait pas confiance au bonheur. Il ne durait jamais longtemps. Il y avait toujours quelque chose qui venait tout gâcher.

Et puis, sa situation actuelle était plutôt compliquée.

Elle finit donc par lâcher la robe et s'éloigner de la boîte, écartant la tentation qu'elle représentait.

Aveugle à tout cela, Megan plongea la main dans la boîte et en sortit une sandale argentée. Des liens incrustés de brillants s'entremêlaient et se rejoignaient autour d'une bande plus large qui devait se fixer autour de la cheville. Les talons aiguilles mesuraient dans les dix centimètres, et la semelle était rouge sang.

Poussant un soupir révérencieux, elle leva la chaussure devant elle comme si elle la présentait en offrande à son dieu.

— Je serais prête à tuer pour ces chaussures ! Je ne plaisante pas… Si on faisait la même pointure, tu serais au tapis depuis longtemps !

Alyssa pouffa, et sentit que le bruit l'aidait à se défaire de l'angoisse qu'elle sentait croître dans son ventre.

— Sans vouloir être indiscrète, qui est l'heureux expéditeur de ce colis dont la valeur s'élève à plusieurs milliers de dollars au bas mot ?

Quoi ? Alyssa ouvrit de grands yeux. Megan devait se tromper.

Elle la vit replacer la chaussure avec le plus grand soin et attraper une enveloppe crème sur laquelle était écrit son nom en lettres bien formées.

Histoire de s'occuper les mains, Alyssa attrapa le masque qui accompagnait l'enveloppe. Il était dans les mêmes teintes que la robe, sauf pour la rangée de strass étincelants qui entourait les ouvertures pour les yeux. Les volutes du bas devaient servir à recouvrir les pommettes et celles du haut à dissimuler la racine des cheveux. Une ligne d'argent scintillant courait sur toute sa surface.

Elle resta debout à contempler ses merveilleux présents, incapable de bouger, de penser ou de respirer. Ce genre de choses n'arrivait qu'aux autres. Depuis quand recevait-elle des cadeaux anonymes à la fois beaux et coûteux ?

Elle avait l'habitude que personne ne la remarque. Si elle passait cette robe, en revanche, personne ne pourrait l'ignorer.

Elle fut surprise par l'intensité du désir qui la terrassa, eut peur d'être consumée, étouffée, écrasée sous le poids d'un rêve de petite fille dont elle avait mis des années à se débarrasser.

Elle devait se reprendre. Tout espoir était vain. Et la déception serait d'autant plus douloureuse qu'elle se laisserait aller à ces chimères.

Elle refuserait le cadeau, le retournerait à l'expéditeur.

Sa décision prise, elle saisit le couvercle et voulut demander à Megan de poser la boîte dans l'entrée. Elle la vit alors sortir de l'enveloppe qu'elle tenait toujours à la main un épais vélin.

C'était une invitation.

— Mon Dieu…, souffla Megan, avec, dans la voix, un émerveillement qui ne fit qu'accroître la gêne d'Alyssa. Tu sais ce que c'est ?

Non, elle n'avait pas pu lire ce qu'il y avait d'écrit. Megan lui fit signe de s'approcher.

— Je n'ai jamais entendu que des rumeurs sur ce bal, Lys. Et je ne connais personne qui ait eu la chance d'y participer. Ou alors seulement l'ami de l'ami du copain d'une cousine. C'est extrêmement confidentiel.

Ses yeux brillaient d'une adoration mystique et d'une bonne dose de jalousie.

— Comment tu as réussi à avoir une invitation ? Au dernier moment en plus…

— Je… je n'en sais rien du tout, balbutia Alyssa, la voix soudain enrouée.

— Coiffure. Maquillage. Tout de suite ! A en croire l'invitation, tu as moins de deux heures pour te préparer.

L'excitation de Megan était palpable : elle se rua à l'autre bout de l'appartement, où se trouvait la chambre.

— Attends, qu'est-ce que… Je ne veux pas y aller ! cria Alyssa d'un ton désespéré, en lui emboîtant le pas.

Elle entendit Megan ricaner depuis sa salle de bains :

— Tu rigoles, j'espère ! On ne refuse pas une invitation au bal des Bacchanales. Tu te prends pour qui ?

— Mais… mais je ne serai jamais prête ! C'est trop… Ça va trop vite…

Megan passa la tête par l'entrebâillement de la porte et lui adressa un regard dur.

— C'est tout ce que tu as trouvé comme excuse ? Ça va aller, je devrais avoir le temps de te faire une coiffure et un maquillage qui tiennent la route.

Alyssa avait passé l'âge de se déguiser. Elle avait trop à penser, trop à faire, ce n'était pas le moment. Sans compter qu'elle avait déjà du mal à respirer avec l'étau qui lui serrait la poitrine… Alors, c'était non !

Il devait y avoir une erreur, ces choses-là ne pouvaient pas lui arriver, pas à elle !

Trop tard. Megan était déjà en train de s'approprier le contenu de ses tiroirs. Une fois qu'elle avait une idée en tête, impossible de l'arrêter, une vraie tornade. C'était l'un des aspects de sa personnalité qu'Alyssa appréciait le plus : elle aimait les gens efficaces et résolus. Mais, pour une fois, cette détermination la contrariait.

Elle revint sur ses pas et s'effondra sur un tabouret. Elle était tellement tendue que son ventre lui faisait mal.

Une lettre attira alors son attention. Elle avait dû tomber de l'enveloppe sans qu'elles s'en aperçoivent, lorsque Megan avait sorti l'invitation. Elle s'en saisit sans réfléchir. Ses doigts coururent un instant sur la feuille pliée en deux, puis elle l'ouvrit.

C'était la même graphie que celle qui ornait l'enveloppe. Une écriture nette, masculine, qui ne s'encombrait d'aucune fioriture. Le fond et la forme dégageaient la même impression de franchise, d'efficacité.

> *Ce soir, tu porteras le masque.*
> *Et seulement ce qu'il y a dans la boîte.*
> *Ce soir, notre désir à tous les deux sera assouvi.*

Dans quel pétrin s'était-elle fourrée ?

Elle porta de nouveau son regard sur la robe, partagée entre l'horreur, l'excitation et un désir grandissant. La tenue n'était pas vraiment couvrante. Dans sa boîte, elle lui avait paru belle comme une robe de princesse. En y regardant de plus près, la princesse en question ne sortait pas d'un conte de fées mais plutôt d'un film interdit aux moins de dix-huit ans... voire classé X.

Qu'est-ce que c'était que ce bal ?

Megan n'en savait rien, ce qui n'était pas fait pour la rassurer !

Une heure plus tard, après avoir épuisé son stock de gel coiffant et d'épingles, son amie lui présenta son ouvrage : une coiffure savamment négligée qui donnait l'impression de pouvoir s'effondrer au premier coup de vent. Mais aucun risque que ça arrive ! Vu la douleur qu'Alyssa ressentait à la base du crâne, Megan lui avait sûrement enfoncé les épingles jusqu'à l'os !

Elle jeta ensuite un coup d'œil satisfait à ses ongles, désormais violet pâle. Ils s'accordaient parfaitement à sa robe et à son maquillage, sur lequel Megan avait passé une bonne vingtaine de minutes.

La séance de mise en beauté n'avait pourtant pas été de tout repos. Pleine de doutes, Alyssa avait plusieurs fois voulu lui demander de tout arrêter... avant de se remémorer les mots inscrits sur la page blanche et de se calmer.

Ce soir, elle saurait qui était son mystérieux inconnu. « Tu porteras le masque » impliquait que lui n'en porterait pas. Et il lui promettait que son désir serait assouvi. Le fourmillement qu'elle sentait au creux de ses cuisses depuis le soir où elle l'avait surpris dans l'ombre du balcon gagna en intensité. Elle n'était pas sûre de pouvoir tenir beaucoup plus longtemps.

Elle caressa le tissu fluide comme du tulle, incapable de s'arracher à sa douceur.

Après tout, cette robe n'était pas si indécente que ça... D'accord, elle était plus transparente que ce qu'elle portait habituellement, mais elle ne dévoilait aucune partie intime !

Elle lui tombait aux pieds et semblait flotter. Alyssa en releva un pan, le tint devant ses yeux, et passa son autre main derrière. Le tissu était tellement fin qu'un chiromancien n'aurait eu aucune peine à lui dire son avenir.

C'était la superposition des pans de différentes couleurs qui donnait à l'ensemble son côté chatoyant. Certains voiles étaient entortillés de manière à former de fines cordelettes qui se croisaient sur sa poitrine et son ventre, et formaient comme des arcs de cercle sur ses hanches.

D'autres morceaux d'étoffe, plus courts, remontaient légèrement depuis sa taille et retombaient au niveau de sa chute de reins. Ils ne descendaient pas plus bas que le haut de ses cuisses, mais dissimulaient efficacement son sexe et ses fesses.

La boîte ne contenait ni soutien-gorge ni culotte mais, s'il y en avait eu, pas sûr qu'ils aient été d'une grande aide. Sans tenir compte des indications, elle enfila sa culotte la plus échancrée, mais l'élastique se voyait devant et les contours apparaissaient en transparence derrière.

Elle l'enleva donc, plus tendue encore à l'idée qu'elle se trouverait sans rien sous sa robe. Elle essaya de se calmer en se forçant à respirer lentement. En cherchant son reflet dans le miroir, elle rencontra son regard dur. Il était grand temps qu'elle se décide. Irait-elle à ce bal ?

Elle n'aimait pas prendre de risques dans sa vie privée. Dans les affaires, elle était sûre d'elle, audacieuse même, mais dès qu'il s'agissait de sentiments...

Elle avait du mal à faire taire la petite voix qui lui criait : *Et le qu'en-dira-t-on ?* Elle avait presque l'impression d'entendre sa belle-mère, ce qui n'était sûrement pas une coïncidence.

Le qu'en-dira-t-on... Elle ne s'en était pas souciée, le soir où elle s'était déshabillée devant l'inconnu. Certes, elle était alors à l'abri, bien au chaud dans son appartement. Il y avait aussi la fois où ils s'étaient embrassés en pleine rue. Cette fois-là, elle avait agi sans filet de sécurité.

Elle se souvenait encore en frissonnant du plaisir lié à ces rencontres. La magie avait cessé trop rapidement...

Le masque qu'elle allait porter ce soir lui garantirait l'anonymat, donc un certain degré de sécurité. Elle se sentirait à l'abri. Comme quand il l'avait tenue dans ses bras...

Elle ne prenait en réalité pas beaucoup de risques en se rendant à cette soirée. Le vrai danger émanait plutôt de son désir à elle. Elle avait tant envie de cet homme, de ses caresses que c'en était effrayant !

D'un autre côté, peut-être qu'aller au fond des choses avec lui l'aiderait à se débarrasser de l'attirance absurde qu'elle éprouvait pour Kayne.

Rien que pour ça, le jeu en valait la chandelle.

Une fois sa décision prise, elle attrapa le petit sac argenté que Megan avait trouvé au fond d'un placard et marcha tranquillement jusqu'à la porte. Elle aurait difficilement pu faire autrement : d'un côté, les liens de ses sandales menaçaient de lâcher au moindre mouvement un peu trop brusque ; de l'autre, sa robe risquait de se soulever à la moindre brise, dévoilant tous ses secrets.

Elle attacha son masque, mais prit ses ailes à la main — elle ne voulait pas les écraser sur le trajet ; elle les mettrait en arrivant.

Alors qu'elle posait le pied sur le trottoir, un homme en chemise blanche, costume noir et casquette de chauffeur apparut.

— Madame Vaughn ? demanda-t-il poliment.

Alyssa fit oui de la tête.

— Si vous voulez bien me suivre…

Il la conduisit à une voiture noire garée à l'angle de la rue. Comment avait-il pu se frayer un chemin jusqu'au bas de son immeuble, au milieu de cette foule ? Il lui ouvrit la portière et attendit qu'elle prenne place.

Tout ça était une mauvaise idée. Une très mauvaise idée…

Elle avait peur de s'habituer à ce luxe. Et de ne pas s'en remettre, quand la terne réalité reprendrait ses droits sur le conte de fées.

Chapitre 7

Beckett sut qu'Alyssa était arrivée au moment précis où elle entra. Et ce n'était pas grâce au texto que James, le chauffeur qu'il avait engagé pour l'occasion, lui avait envoyé.

Non, l'atmosphère parut soudain se modifier. Il sentit peser sur sa poitrine un mélange d'anticipation et d'incertitude.

Comment allait-elle réagir, quand elle découvrirait qui il était ? S'enfuirait-elle en courant ? Se mettrait-elle à hurler ? Se cramponnerait-elle à lui ?

La dernière option était de loin la plus agréable, mais les deux autres étaient largement plus vraisemblables.

Il ne pouvait pas vraiment l'imaginer accepter qui il était sans rien dire. Il lui aurait sans doute fallu plus de temps, mais il avait besoin qu'elle sache qui se cachait derrière le masque.

Déjà trois jours qu'ils s'étaient embrassés, et le goût de leur baiser était toujours là, l'accompagnant partout où il allait. La caresse de ses doigts sur son torse aussi.

La veille, il avait failli se laisser aller à ses instincts. Elle était chez lui. Dans son lit. Consentante.

Mais le pire avait été le matin même. Quelle torture de devoir faire mine de rien, alors qu'il avait déjà en tête la soirée à venir !

Alyssa avait émergé toute repue de sommeil, le teint frais, les yeux intelligents, les effets de la drogue entièrement dissipés. Il l'avait sentie tellement gênée qu'il s'était tenu à distance, la regardant boire son café du coin de l'œil. Il aurait tant aimé qu'elle reste !

Il se trouvait à présent sur un balcon surplombant la salle de bal. Heureusement qu'il se tenait à la rambarde quand elle fit son entrée, sans quoi il serait vraisemblablement tombé à la renverse.

La masse bouclée de ses cheveux ramassée sur le haut de son crâne lui donna immédiatement envie d'enfouir ses doigts dedans et d'enlever les épingles qui la tenaient en place, afin d'en libérer la cascade soyeuse. Le masque lui dissimulait la moitié du visage, mais il reconnut immédiatement ses lèvres d'un rose brillant, éminemment pulpeuses.

Il fut alors saisi d'une envie irrépressible de l'embrasser. Il raffermit sa prise sur la rambarde en bois. Il devait faire attention : se laisser aller à ses sentiments était le meilleur moyen de tout gâcher. L'heure était à la réflexion, pas à l'action.

La nuit précédente avait visiblement laissé Alyssa en proie à de nombreuses interrogations. Il savait qu'il n'aurait pas de seconde chance. Il lui fallait donc être particulièrement prudent.

Mais la tenue qu'elle portait ne l'aidait pas. Il avait pensé à elle à l'instant où ses yeux s'étaient posés sur la robe. Elle était si différente des habits qu'elle portait d'ordinaire ! La… dénudait tant ! Ce bal étant le lieu de toutes les extravagances vestimentaires, cette tenue ne serait sans doute pas la plus audacieuse, mais il avait parié sur sa gêne à porter quelque chose d'aussi osé. Il savait que cela redoublerait son excitation. Elle avait un côté exhibitionniste qui l'attirait violemment, et ce soir il comptait bien

103

lui montrer qu'il n'y avait rien de mal à se laisser aller à ses fantasmes les plus fous.

Il l'observa tandis qu'elle faisait quelques pas dans la salle et balayait la foule du regard. L'ambiance était encore bon enfant. Plus tard, l'alcool aidant, les inhibitions seraient remisées et les participants pourraient laisser libre cours à leurs désirs les plus secrets ; sonnerait alors l'heure de toutes les folies.

Elle s'arrêta quelques instants, comme si elle voulait prendre la mesure de l'endroit où elle se trouvait. La première fois qu'il avait participé à ce bal, il avait une vingtaine d'années. Il essaya de se souvenir de ses premières impressions, et se demanda s'il avait ouvert des yeux aussi larges et innocents que ceux qu'il croyait voir derrière le masque d'Alyssa. Non, probablement pas. Il devait déjà se sentir blasé.

Alyssa lui offrait sans le savoir un merveilleux cadeau : l'observer lui permettait de poser un regard neuf sur cette fête. La salle était intégralement éclairée par des chandelles, l'atmosphère tamisée étant plus propice aux ébats. La faible lumière ainsi produite se reflétait sur le cristal des lustres et l'or des chandeliers. Les bijoux, les costumes, les flûtes à champagne, les assiettes bordées d'or, l'argenterie délicatement travaillée, tout brillait de mille feux.

De nombreux regards convergèrent vers elle, alors qu'elle traversait la foule pour atteindre le balcon. Sans doute voulait-elle profiter d'un meilleur point de vue.

Il avait lui-même choisi de l'attendre en haut. Après tout, il se trouvait sur un balcon, le soir de leur première rencontre. Autant boucler la boucle.

Elle progressait avec difficulté, laissant dans son sillage des regards éperdus dont elle n'avait même pas conscience. Il repéra plusieurs hommes à l'affût du moindre signe d'ouverture de sa part finissant par se détourner en ne voyant rien venir. Quelques galants plus audacieux essayèrent de l'arrêter et de lui glisser quelques mots à l'oreille, mais elle les esquiva habilement. Il en éprouva un violent sentiment de satisfaction. Pourquoi ? Mystère... Encore une question sans réponse.

Il termina son Macallan et reposa bruyamment son verre vide sur la table, avant de se fondre dans l'ombre pour attendre Alyssa.

Des éclairs de lumière bleue, violette, des carrés de peau dénudée apparurent soudain dans son champ de vision. C'était elle. La tentation de jaillir à sa rencontre se fit de plus en plus forte, mais il resta immobile.

Le décor de la galerie n'était pas moins somptueux que le reste du lieu : des chandelles brillaient, éclairant une épaisse moquette d'un rouge sombre ; des luminaires dorés et des rambardes mêlant fer forgé et bois sombre complétaient l'ensemble. Des colonnes divisaient l'espace et assuraient un minimum d'intimité à ceux qui en désiraient.

Elle le dépassa, les yeux rivés sur la foule, aveugle à l'ombre derrière elle. Au moment où il sentit son odeur — à la fois douce et subtile, mais indéniablement sienne —, il lâcha prise. Toute résistance était devenue inutile.

Alyssa s'arrêta au bout du balcon. Il s'approcha d'elle sans faire de bruit, lui posa les mains sur les épaules et la fit pivoter pour qu'ils se retrouvent face à face.

Dans un premier temps, elle tenta d'échapper à cette emprise étrangère, mais s'immobilisa aussitôt que leurs regards se croisèrent. Elle se laissa alors aller vers lui, et son abandon apaisa ses nerfs à vif.

Elle porta les doigts à son masque de soie noire, différent de ceux des autres fois, qui s'accordait parfaitement à son costume.

— Je pensais que tu n'en porterais pas, murmura-t-elle d'une voix grave et sensuelle.

— C'est un bal masqué.

Elle le transperça de son regard vert. Le fixa sans ciller. Il perçut dans ses yeux moins d'hésitation que de déception. Elle voulait savoir qui il était. En tout cas, une part d'elle le voulait, l'autre se repaissant manifestement du mystère. Elle était décidément pleine de désirs contradictoires.

Il la vit lever la main et suivre lentement des doigts les contours de son masque, frôler ses pommettes, le haut de ses oreilles, puis enfoncer les doigts dans ses cheveux. Les intestins noués, il la sentit jouer avec la cordelette retenant le masque en place, mais resta immobile.

Le choix lui revenait.

Alyssa regarda l'inconnu droit dans les yeux. Il ne bougeait pas, mais de son corps émanait une tension palpable.

Avait-elle tant que ça envie de savoir ? Ne préférait-elle pas se laisser aller à son désir ? Elle verrait bien plus tard, pourquoi se presser ?

Son corps était plus que prêt, mais son esprit la retenait. Pourquoi était-elle toujours si prudente ?

Sans doute parce qu'il lui suffisait d'un seul faux pas pour retomber dans des abîmes d'incertitude. Elle avait passé sa vie à vouloir agir au mieux, à essayer d'être parfaite, à chercher l'approbation de son père. Ce qui ne l'avait pas empêchée de souffrir mille et un affronts, mille et une insultes. Est-ce qu'elle n'était pas passée à côté de quelque chose ?

Allons, assez d'hésitations !

Ce soir, elle se ferait plaisir, et tant pis pour le qu'en-dira-t-on !

Tout ce qui lui importait, c'était son inconnu masqué. Avec lui, elle se sentait plus vivante qu'elle ne l'avait jamais été. Plus entière, plus légitime, plus libre aussi.

Elle avait envie de lui.

Est-ce que leur relation resterait la même si elle lui enlevait son masque ? Elle avait peur que non. Le conte de fées ne disparaîtrait-il pas aussitôt pour laisser place à la réalité ? Quelle horreur ! D'un autre côté, elle n'avait pas non plus envie de se laisser faire.

Il l'avait habillée comme une actrice porno et l'avait laissée se débrouiller, avant de se décider à faire son apparition. Elle savait très bien qu'il la surveillait depuis le moment où elle était entrée ; elle avait senti le poids de son regard.

Elle frissonna. Elle ne pensait pas être joueuse, mais entre eux tout n'avait été qu'un jeu. Et elle n'avait pas été la dernière à relancer les dés. Le premier soir, par exemple.

Il était temps d'en finir ! Tout ce qu'elle avait à faire, c'était de tirer sur la cordelette. Mais elle n'y arrivait pas.

— Tourne-toi, souffla l'inconnu de sa voix grave et douce comme du caramel fondu.

Un peu plus et elle se serait liquéfiée. S'il lui murmurait des obscénités à l'oreille, elle ne répondrait plus de rien.

Ou peut-être que si, après tout.

Eperdue, elle s'efforça de reprendre pied. Elle n'aurait jamais dû passer cette robe. C'était comme si elle avait décidé de s'affranchir de toutes ses inhibitions, l'espace d'un soir.

Tout à coup, elle vit que les yeux de l'inconnu brillaient d'une lueur menaçante, et elle eut l'impression qu'il lisait dans ses pensées. Malgré le masque et les ombres portées, l'intensité de ce regard lui rappela vaguement quelque chose mais, avant qu'elle ait réussi à trouver quoi, elle fut distraite par un mouvement de sa bouche.

Il souriait.

— Qu'est-ce qu'il y a de drôle ? chuchota-t-elle, soudain alarmée.

Comme s'ils n'attendaient que ça, des ricanements résonnèrent alors dans sa tête, accompagnés de mots blessants. Traînée. Salope. Putain.

Elle se crispa. Essaya de se dégager de lui, mais il la retint. Puis il fit lentement glisser ses mains le long de son dos et les posa sur ses reins. Elle frissonna. Il se rapprocha d'elle d'un mouvement décidé et l'enveloppa tout entière.

L'instant d'après, elle sentit qu'il lui mordillait l'oreille, et le frisson revint.

— Rien. Il n'y a rien de drôle… Je suis complètement sous le charme, Alyssa. Fou de désir pour toi… Tu peux faire de moi ce que tu veux.

Ses mots, ses gestes la calmèrent, sans pour autant lui faire oublier les sombres pensées qui lui avaient traversé l'esprit. L'appréhension arrivait, mais un peu tard.

Comme étrangère à elle-même, elle s'entendit murmurer des mots pleins de bon sens :

— Ce n'est pas une bonne idée…

— Hmm…

Il se décala légèrement pour pouvoir la serrer plus fort, et elle sentit sa peau la picoter agréablement. Grâce à ses talons, elle était quasiment aussi grande que la plupart des hommes présents ce soir. Mais pas autant que lui. Il la dépassait d'une bonne tête.

Et il savait mettre sa taille à profit, vu la façon dont il occupait l'espace, l'obligeant à se cambrer.

— Je suis curieux de savoir si tu as suivi mes instructions…

Elle sursauta. La salle se mit à tourner, et elle se raccrocha au seul point d'ancrage à sa portée, la main de l'inconnu dans son dos. Elle sentit quelque chose lui frôler la cuisse, et mit quelques instants à comprendre que c'étaient les doigts de son autre main, qu'il faisait remonter le long de sa robe.

Elle se laissa alors aller. Complètement. Seule existait désormais la caresse du tissu, qu'elle sentait toujours plus haut sur sa cuisse… Elle serait bientôt complètement nue, à l'abri derrière le bouclier de son corps.

L'idée même d'être peut-être vue l'excitait au plus haut point.

Imprégnée de sa chaleur, enveloppée par son souffle, elle était à deux doigts de défaillir. Il la subjuguait. Mais elle voulait plus. Elle voulait sentir ses doigts sur sa peau.

Combien d'heures avait-elle passé à rêver de lui et à fantasmer ? Et ce soir il était là, en chair et en os. Pour elle.

Au moment où elle sentit la douceur de ses lèvres sur sa joue, elle se pressa contre lui, essayant de s'agripper à quelque chose de stable, sa jolie chemise blanche par exemple. Ses jambes ne la portaient plus.

Impossible de reprendre son souffle, impossible de remuer le moindre de ses muscles. Un simple pas hors de son étreinte et elle serait sauvée. Mais elle n'y arrivait pas.

Pendant ce temps, lui continuait. Il la couvrait de baisers, sur le nez, les yeux, les joues, la fossette qu'elle avait au menton, la bouche…

Elle aurait tout donné pour qu'il l'embrasse vraiment. Elle entrouvrit les lèvres et laissa échapper un petit gémissement.

Elle sentit alors la main dans son dos s'ouvrir et se refermer, comme s'il avait à son tour besoin d'assurer sa prise.

Mais il n'alla pas plus loin. Quelques instants s'écoulèrent avant qu'il lui chuchote de nouveau :

— Tu portes bien uniquement ce qu'il y avait dans la boîte ?

Puis tout s'enchaîna. Il l'embrassa à pleine bouche, embrasant son désir et mettant à bas ses défenses. L'effet fut sans précédent, dévastateur. Elle n'eut bientôt plus rien d'autre en tête que les sensations qu'il faisait s'épanouir partout dans son corps.

Elle avait chaud. Se sentait à l'agonie. Comme mise à nu.

Leur baiser fut tout sauf doux. Sa langue était partout, demandant toujours plus. Elle se jeta dans la mêlée de toutes ses forces, mordillant, grognant, tirant à deux mains sur sa chemise pour pouvoir accéder à sa peau.

Elle mit quelques secondes à se rendre compte que les mains de l'inconnu aussi étaient partout, se promenant sur tout son corps sans jamais se poser bien longtemps. Pourquoi ne se posaient-elles pas ? Quelque part dans un coin embrumé de son cerveau, elle remarqua qu'il s'attaquait aux bretelles retenant ses ailes. Mais ce fut seulement au moment où il les détacha et les jeta à leurs pieds qu'elle prit conscience de leur poids.

Oubliée la salle de bal, oubliée la foule. Pour elle, seule comptait désormais la présence de cet homme, sa proximité physique, la possibilité de le toucher jusqu'à plus soif.

Aussi gémit-elle quand, tout à coup, il la repoussa.

Sonnée par la violence du choc, elle fut tout juste capable de chercher son regard. La chaleur qui s'en dégageait aurait pu faire cloquer sa peau. Elle sentit à quel point il la désirait. Vit sa mâchoire contractée, ses muscles crispés, sa retenue en lambeaux…

Elle ne voulait que ça ! Qu'il lâche tout ! Qu'il arrête de réfléchir, qu'il soit aussi désespéré qu'elle.

Mais, avant qu'elle ait pu élaborer la moindre stratégie, elle se sentit virevolter. Son ventre heurta la rambarde. Il se colla à elle par-derrière et elle sentit sa chaleur l'envahir. Il plaqua ses mains sur la rampe, referma les siennes dessus.

Tandis qu'elle essayait de couper court à son tournis, un cor résonna dans la salle, la faisant sursauter.

— Qu'est-ce qui se passe ? demanda-t-elle, troublée.

— C'est le thiase. La procession. Le bal se veut un tribut à Bacchus, expliqua-t-il nonchalamment, comme si tout ça allait de soi. Regarde…, ajouta-t-il à mi-voix.

Elle se sentait comme dans un cocon. Elle s'étourdissait de sa chaleur, de son odeur — un parfum à la fois viril et vif, agréable. Elle se sentait proche de lui mais pas assez. Elle avait envie qu'il l'embrasse, qu'il fasse plus que la caresser.

Elle déglutit et essaya de se concentrer sur ce qui se passait à l'étage inférieur. Elle pouvait compter sur Megan pour la cribler de questions, alors autant observer. Et puis, ça pourrait l'aider à reprendre ses esprits.

Un espace avait été ménagé au centre de la salle, qui s'étirait jusqu'à un dais qu'elle n'avait pas remarqué en entrant. Sans doute la scène pour l'orchestre. Quoique en lieu et place des instruments et de la sono habituels trônât un fauteuil à dossier haut, orné de volutes élégantes. Ainsi qu'une estrade couverte de gros coussins de toutes les couleurs de l'arc-en-ciel. Au centre de tables ployant sous le poids de riches victuailles, juste à côté du trône, une fontaine de vin rouge faisait entendre un murmure enchanteur.

Des applaudissements retentirent dans la salle, empêchant Alyssa d'observer plus longuement le décor. L'atmosphère se transforma subtilement sous l'effet de l'excitation générale.

Une douzaine de danseuses s'élancèrent alors dans l'espace dégagé pour elles. Légères, gracieuses, elles se mettaient sur les pointes, faisaient d'amples mouvements de bras, lançaient haut les jambes, alternaient entrechats et pirouettes savantes, se cambraient, se penchaient, se déhanchaient... Un véritable enchantement.

A tel point qu'Alyssa mit quelques instants à s'apercevoir qu'elles étaient nues. Ou quasiment : leurs corps disparaissaient sous une montagne de bijoux, de chaînes, de bracelets, de manchons, de perles, qui s'enroulaient autour de leurs tailles, dissimulaient leurs nombrils, remontaient le long de leurs bras, leurs jambes. Leur parure s'accordait tellement bien au rythme de leurs mouvements qu'Alyssa crut qu'elles portaient quelque chose sous cette couche de bijoux.

Mais elle se trompait, et le comprit au fur et à mesure que la procession approchait. Les colliers s'écartèrent sur le corps de l'une des danseuses, révélant un sein nu d'autant plus pâle que son aréole était foncée. Elle entraperçut le téton de la jeune femme, si dur que les siens lui firent mal.

Elle se rendit compte que l'inconnu avait déplacé ses mains quand elles se refermèrent sur ses seins. Sa tête partit machinalement en arrière et son corps se cambra en une muette supplication.

Il parvint à sa peau nue malgré les nombreuses couches de tissu de sa robe. Elle retint un gémissement de plaisir et essaya de se contrôler, mais c'était perdu d'avance. Elle avait passé trop de temps à imaginer toutes les douceurs qu'il pourrait lui faire.

En une tentative désespérée, sa raison lui hurla de se dégager de son étreinte. Docile, elle essaya, mais une poigne ferme la maintint à sa place.

— Regarde, répéta-t-il, son souffle chaud effleurant sa peau sensible.

— Et si quelqu'un nous voit ? objecta-t-elle d'une voix angoissée.

Il lui caressa légèrement la nuque, et elle dut lutter contre le désir qui la submergeait de nouveau.

— Ça te plairait, hein, Alyssa… Ça t'exciterait, te mettrait la fièvre, pas vrai ? Je dois t'avouer que je trouve bandant que d'autres hommes te regardent et te désirent, alors que tu n'as d'yeux que pour moi. Je te promets de te protéger. Personne ne te fera plus le moindre mal, jamais. Je ne ferai rien contre ta volonté. Un seul mot de toi et j'arrête.

Elle fit oui de la tête, pour montrer qu'elle avait pris bonne note de ce qu'il lui disait. Peut-être qu'elle avait tort, mais elle lui faisait confiance… Elle avait la certitude qu'il lui suffirait en effet de dire non pour qu'il s'arrête.

Or elle voulait tout sauf ça.

Pour être tout à fait honnête, elle se moquait bien des autres. Elle était certes un peu inquiète à l'idée qu'on puisse la voir en cet instant, mais elle n'avait qu'à faire taire la petite voix dans son crâne, cette voix qu'elle devait vraisemblablement à son père.

Sauf qu'une autre inquiétude lui était venue. Elle dut rassembler tout son courage pour demander d'une voix tremblante :

— Qu'est-ce qui se passe, une fois que tu as obtenu ce que tu voulais ?

Il effleura de son ongle la courbe de son sein, déclenchant en elle une onde de désir ; elle dut serrer les dents pour ne rien laisser paraître. Comment était-elle censée réfléchir, quand son propre corps l'abandonnait ?

— Tu as peur de quoi, Alyssa ?

— Que tu t'en ailles. Que tu te fondes dans la foule anonyme et que je ne te revoie plus jamais.

Pour toute réponse, il lui pinça les tétons. Elle sursauta et sentit ses paupières papillonner sous l'assaut conjugué du plaisir et de la douleur. L'instant d'après, il jouait de nouveau avec ses seins endoloris, les cajolant, les prenant à pleines mains, les malaxant. Un grand vide l'envahit et fit refluer son désir.

Puis, de sa bouche, de sa langue, de ses dents, il partit de nouveau à l'assaut de sa nuque.

— Je ne vais nulle part, Alyssa. Une nuit avec toi sera loin d'être suffisante, crois-moi ! conclut-il en lui faisant un suçon au creux de l'épaule.

Elle sentit alors toutes ses inquiétudes s'envoler. Elle ne voulait plus qu'une chose : qu'il l'emmène dans un endroit discret et que les préliminaires cèdent la place à autre chose.

Ils faisaient tous les deux semblant d'attendre qu'elle se décide. Mais n'avait-elle pas déjà choisi, en se rendant à cette soirée ?

Peut-être qu'elle s'en mordrait les doigts, mais tant pis. Elle verrait ça plus tard. Elle voulait s'en remettre entièrement à ses sensations. Le corps enfin débarrassé de toute défiance, elle s'abandonna à lui.

Il la serra dans ses bras avec une grande délicatesse, comme si elle était en verre. Mais il ne bougea pas de derrière elle. Il lui prit simplement le menton dans les mains et la força à regarder la parade.

Les danseuses étaient arrivées au niveau du dais et s'étaient allongées, leurs corps sur les coussins comme de précieux présents. Des serveurs apparurent et leur proposèrent du vin et de la nourriture. Toutes se laissèrent tenter, s'abandonnant à la gourmandise.

Un mouvement à l'autre bout de la salle attira le regard d'Alyssa… Un groupe d'une vingtaine d'hommes entra. Ils étaient vêtus, quoique modérément, et leurs torses huilés brillaient sous la lumière tamisée. Ils portaient des bracelets dorés et des shorts noirs moulants, qui ne laissaient guère de place à l'imagination. Seule leur couleur de peau

— blanche, caramel, noire, bronzée — permettait de les distinguer les uns des autres. Pour le reste, mêmes larges épaules, même taille fuselée, même musculature devant laquelle n'importe quelle femme se serait pâmée.

D'ailleurs, de nombreuses spectatrices — ainsi que quelques spectateurs — cherchèrent à caresser ces chairs viriles sur leur passage. Alyssa en fut gênée, avant de se rendre compte que les danseurs ne s'en souciaient guère.

Soudain, l'inconnu se rapprocha d'elle, et elle sentit dans son dos la pointe de son érection. Son corps réagit immédiatement, et elle se sentit rougir de la tête aux pieds, perdre tous ses moyens.

Du plat de la main, il imprima une pression sur son dos pour la pencher en avant, au-dessus de la balustrade. Dans cette nouvelle position, son pénis était tout près de son intimité frémissante. Vraiment tout près… mais l'inconnu préféra continuer à faire monter la pression.

Comme pour en rajouter, sa robe se joignit à la partie, caresse à elle toute seule. La soie frottait contre son sexe, sensible au moindre contact.

Il fallait qu'il arrête, elle n'allait plus pouvoir tenir ! Or elle ne voulait pas jouir tout de suite. Elle le voulait en elle. Avec une intensité qui la surprenait.

Elle se servit du point d'appui que lui offrait la rambarde pour se serrer et se frotter contre lui.

En bas, sous le dais, les hommes s'étaient installés à côté des femmes de leur choix. Certains des couples ainsi formés se versaient du vin à même la bouche, léchant les gouttes qui coulaient sur la peau de leur partenaire ; d'autres se donnaient à manger ; d'autres encore avaient laissé tomber les accessoires et se caressaient ouvertement. Tout était excès, exubérance. Et Alyssa se délectait de ce spectacle.

Un autre coup de cor retentit, et elle se sentit de nouveau

rougir, comme si elle avait été surprise en flagrant délit d'indécence.

Elle crut entendre un léger ricanement. Ça y est, on l'avait repérée ! Le feu lui monta aux joues, mais l'inconnu resta imperturbable. Il continua à promener sa bouche sur sa peau embrasée, et petit à petit elle sentit la chaleur qui la consumait changer de nature.

Ce fut le moment que choisirent trois femmes pour faire leur apparition dans la salle. Elles étaient vêtues de robes similaires à la sienne, composées de différents tissus qui dissimulaient les endroits les plus stratégiques, mais laissaient voir beaucoup de peau nue. Leurs longs cheveux tressés de feuilles et de fleurs tombaient sur leurs épaules. Elles entrèrent en bondissant et en jetant des fleurs tout autour d'elles, laissant derrière elles un sol jonché de pétales.

Soudain, Alyssa sentit un courant d'air lui remonter le long des jambes. Un frisson lui parcourut l'échine, mais elle n'eut pas le temps de se plaindre : les doigts de l'inconnu s'aventuraient autour de son sexe humide.

Elle haleta, donna une ruade, puis s'immobilisa. Comme si son immobilité pouvait cacher aux yeux des autres ce qui était en train de se passer.

Elle s'appuya sur son autre jambe, essayant de se dégager, mais il tint bon.

— Dire que tu mouilles déjà… Si tu savais comme ça m'excite ! Te voir tout entière abandonnée à tes sensations… ça me donne encore plus envie de toi ! gronda-t-il tout contre son épaule.

A ces mots, Alyssa se tendit comme un ressort. Elle le voulait en elle. Mais il préférait la faire attendre. Jouer avec elle. Ses doigts recommencèrent à la caresser, et elle sentit comme une nuée d'étincelles fourmiller partout dans son corps. Elle eut toutes les peines du monde à étouffer le gémissement qui montait en elle. Elle avait tellement envie de lui !

— Qu'est-ce qui t'excite le plus, Alyssa ? Le fait de savoir que quelqu'un pourrait s'aventurer jusqu'ici et nous surprendre ? Ou le fait que quelqu'un s'ennuie du spectacle de l'orgie, regarde dans notre direction et te voie toute tremblante de désir ?

Lentement, son pouce se mit à dessiner des cercles autour de son clitoris, l'effleurant sans jamais le toucher tout à fait. Elle sentit ce petit amas de nerfs palpiter comme si son cœur s'y était réfugié, implorant. Son désir était si fort qu'il l'emportait sur toutes ses autres fonctions, et elle se sentit asphyxiée.

Enfin, les doigts de l'inconnu s'immiscèrent en elle, lui arrachant un long soupir au passage. Il trouva tout de suite l'endroit exact qui la faisait défaillir. Ses caresses, tour à tour rapides ou lentes, anéantirent toute résistance en elle, et elle s'affala contre la barrière.

Tous ses sens étaient sollicités. Elle sentit l'orgasme poindre, son corps se tendre, se rapprocher du point de rupture, comme un élastique à deux doigts de craquer.

— A moins que ce ne soit le spectacle des couples se tripotant à la vue de tous. S'adonnant à quelque chose de défendu.

Elle secoua la tête, incapable de trouver les mots. Elle n'était pas sûre de la réponse.

— Tu aimes les strip-teases ? Tu sais que, pour la plupart des femmes, c'est choquant, voire indécent. Dans ta situation, la majorité se serait rhabillée en toute hâte. Alors que, toi, tu as continué à te déshabiller.

Elle secoua de nouveau la tête. La douce torture s'arrêta. Elle gémit en agrippant la rambarde.

Alors qu'il n'avait rien dit, elle sentit qu'il ne reprendrait pas avant d'avoir sa réponse. Elle l'entendit lui souffler dans la nuque :

— Pourquoi tu ne réponds pas ?

— Parce que… je ne sais pas, finit-elle par reconnaître, aiguillonnée par la violence de son désir.

— Mais bien sûr que si, tu sais !

Elle sentit alors la digue se rompre et les mots lui venir en pagaille. Des mots qu'elle n'aurait jamais prononcés en temps normal, mais sa raison l'avait lâchée.

— Je ne l'aurais pas fait pour n'importe qui. Mais tu me regardais avec tant de… passion. J'avais l'impression que tu aurais pu mourir rien que pour pouvoir continuer à me regarder. Que rien ne comptait plus pour toi que moi. Jamais je ne m'étais sentie aussi…

— Désirée ?

— Visible. Voulue.

Elle l'entendit marmonner quelque chose à la frontière du soupir et du grognement. Elle crut lui avoir fait plaisir, jusqu'à ce qu'elle sente ses doigts disparaître de dessous sa robe.

Au mépris de la salle comble, elle poussa un cri, incapable de faire taire le sentiment d'injustice qui l'étreignit d'un coup.

A ce moment-là, une litière fit son apparition à l'étage du dessous, portée par les quatre hommes les plus gigantesques qu'elle ait jamais vus. Un murmure d'approbation parcourut l'assemblée, enflant au point de couvrir les autres bruits. Malgré cela, elle l'entendit distinctement déchirer dans son dos un emballage de préservatif.

Elle en soupira de soulagement. Avant de paniquer. Avait-elle vraiment envie qu'il la prenne par-derrière, sur un balcon surplombant une salle de bal surpeuplée ?

Tandis qu'elle s'interrogeait, il l'attrapa à la taille et la serra contre lui. Ses doigts traçaient comme des lignes de feu sur sa peau.

Il hésita, resta quelques instants sans bouger, tous ses muscles tendus.

Puis il se pencha sur elle et murmura :

— Dis-moi que c'est ce dont tu as envie, Alyssa.

Elle comprit qu'il lui offrait une dernière chance de changer d'avis.

Mais c'était trop tard.

— Oui, oui. S'il te plaît.

Il n'avait apparemment besoin de rien de plus. Sans plus attendre, il la pénétra, et elle oublia instantanément tout le reste.

Il commença par lui laisser le temps de se détendre. Elle sentit ses muscles pelviens se relâcher progressivement, et il s'introduisit tout entier en elle.

Elle se sentit partir, tout à l'exaltation de ses sens et à l'appréhension d'être vue. Mais ses bras puissants la soutinrent. Elle avait par-dessus tout besoin d'un point fixe, sans quoi elle avait peur de s'envoler et de ne plus jamais réussir à atterrir.

Il fit descendre sa main le long de sa colonne vertébrale, et elle frissonna à la chaleur de ce contact. Elle se cambra, cherchant à ce qu'il la pénètre plus profondément encore. Elle sentit ses doigts s'enfoncer dans la chair de ses hanches.

Il se mit à aller et venir en elle. Doucement pour commencer, en un mouvement ample.

— Quand la litière arrivera devant le dais, Bacchus en descendra et lancera les festivités. Ce sera le signal pour la foule de vaquer à ses occupations. Quelqu'un risquera bien un regard dans notre direction. A moins que notre petit coin soit convoité par des couples entreprenants. A

119

ton avis, combien de temps nous reste-t-il avant d'être découverts ?

Elle écarquilla les yeux. La litière était déjà au milieu de la salle. Elle sentit le rythme de son cœur s'accélérer. Une puissante montée d'adrénaline s'ajouta à l'excitation qu'elle éprouvait, donnant lieu à un mélange détonnant.

Elle tressaillit.

— Tu veux vraiment qu'on te voie, Alyssa ? Ou la simple possibilité d'être vue te suffit ?

— Je ne veux pas qu'on me voie, s'il te plaît, gémit-elle.

Se donner à lui était une chose, s'offrir aux regards de parfaits inconnus une autre. Elle avait réussi à garder un relatif contrôle sur elle pendant toute la durée des préliminaires. Mais elle pressentait l'orgasme à venir et savait qu'elle n'en sortirait pas intacte. Or elle ne voulait pas se retrouver sans défense aucune, livrée à la vue de tous.

Elle voulait qu'il soit le seul à la voir dans cet état. Il était le seul à qui elle pouvait se fier, le seul à pouvoir la protéger dans un moment comme celui-là.

Pour toute réponse, il accéléra le rythme de son va-et-vient. Il avait compris. Pour le moment, ils étaient complètement seuls, protégés par le tranquille cocon d'ombre de leur balcon, loin au-dessus des autres invités. La musique et la fête battaient leur plein et feraient écran, si elle n'arrivait pas à étouffer ses cris.

Il lui avait fait croire à une situation périlleuse, alors qu'ils ne risquaient pas réellement d'être vus. Il avait comblé ses attentes les plus folles et réussit le double exploit de ne pas réveiller les peurs qu'elle savait tapies au plus profond d'elle.

Une vague de gratitude déferla en elle en même temps que les prémices de l'orgasme. Il accéléra encore ses coups de reins, qu'elle essaya d'accompagner par le mouvement de ses hanches. Elle n'en pouvait plus d'attendre la délivrance qu'il lui avait promise.

La litière s'arrêta devant le dais. Un homme en descendit, un sourire mauvais peint sur le visage, une couronne de pampre sur les cheveux.

Enfin, la fin était proche.

L'inconnu plongea une main sous sa robe et repartit à l'assaut de son clitoris. Il ne lui en fallut pas plus.

L'orgasme lui tomba dessus d'un coup, dévastant tout sur son passage, la laissant pantelante et aveugle. Elle parvint à garder suffisamment de contrôle pour se mordre les lèvres et s'empêcher de hurler, quand bien même elle aurait préféré laisser libre cours à son plaisir. Une vague puis une autre la secouèrent, prolongeant l'intensité du moment.

Vidée, elle sentit ses muscles devenir cotonneux. Sans la rambarde et les mains de l'homme sur ses hanches, elle se serait répandue en une flaque à ses pieds.

Bacchus leva les bras et souhaita la bienvenue aux invités. Mais Alyssa l'entendit à peine. Elle le vit ensuite balayer la foule du regard et s'arrêter sur elle. Elle aurait juré qu'il l'avait vue.

Mais elle était trop épuisée pour s'en soucier.

— Incroyable…, souffla l'inconnu derrière elle, avant de la prendre dans ses bras et de lui faire tourner le dos à la foule.

Il se dirigea vers les ombres du balcon et ouvrit une porte dissimulée dans le mur. Alyssa entendit qu'elle se refermait sur eux, mais n'arriva pas à rassembler assez d'énergie pour se concentrer et comprendre où ils se trouvaient.

Ça viendrait.

Elle sentit quelque chose de dur et froid dans son dos. Un

mur. Face à elle, l'inconnu dégageait une chaleur infernale. Il cala les mains sous ses fesses et la souleva.

— J'ai envie de toi. Maintenant, gronda-t-il.

Elle enroula les jambes autour de sa taille, lui accordant silencieusement la permission de faire d'elle ce qu'il voulait. Elle remarqua avec détachement que ses cuisses tremblaient.

Un instant plus tard, il la pénétrait de nouveau, lui arrachant un gémissement. Le plaisir était là, aussi intense, alors qu'elle venait d'avoir un orgasme. Comment était-ce possible ?

Elle avait beau être à bout de souffle, elle eut encore envie de lui. Envie de la même fièvre, des mêmes sensations, du même soulagement.

Envie de tout laisser tomber, de ne garder que lui, que la manière dont elle se sentait en sa présence.

Envie de le regarder droit dans les yeux quand il jouirait.

Envie de voir son visage.

Chapitre 8

Beckett était bouleversé. En s'en remettant complètement à lui, Alyssa l'avait touché plus qu'il ne l'aurait cru. Elle ne devait pas se le permettre avec beaucoup de monde. Elle préférait être dans le contrôle. L'idée d'être le seul à pouvoir la mettre dans cet état avait quelque chose d'enivrant. D'addictif même.

Mais il voulait plus. Il voulait jouir, lui, et surtout la voir jouir, encore et encore.

Alors même qu'il se faisait cette réflexion, il sentit les muscles d'Alyssa se resserrer autour de son sexe, et faillit se laisser aller. Il ne fallait pas. Pas encore, c'était trop tôt.

C'était peut-être la seule occasion qu'il aurait de lui faire l'amour. Il était donc décidé à prendre son temps... et son pied. Autant dire qu'une nuit serait loin d'être suffisante.

Il lui saisit les poignets et les leva au-dessus de sa tête, les appuyant contre le mur. Puis il se pencha sur sa gorge et chercha son pouls, qu'il embrassa profondément. Elle gémit et laissa aller sa tête en arrière.

Il la sentit frémir, désireuse de nouvelles sensations.

— Tu n'en as jamais assez, hein ? murmura-t-il, en s'imprégnant de son odeur, un mélange de parfum de fraise, de soleil et de sexe.

Elle était tellement désirable ! C'était lui qui n'aurait jamais assez d'elle…

— Je ne sais pas ce qui m'arrive, confessa-t-elle dans un souffle.

Il en fut amusé. Elle n'avait sans doute pas conscience de tout ce que sa phrase impliquait. Il fut soulagé de savoir qu'il n'était pas le seul à se retrouver complètement dépassé par les événements.

— Je ne me plains pas, la rassura-t-il en reprenant son mouvement de va-et-vient.

Elle se mit à respirer plus bruyamment, puis resserra les cuisses autour de sa taille et repositionna les hanches, l'invitant plus profondément en elle.

Il était à deux doigts de l'orgasme, mais il voulait qu'ils jouissent en même temps. Il avait besoin de partager ce moment avec elle, entièrement.

Pesant sur elle de tout son poids, il libéra l'une de ses mains, qu'il aventura sur son corps. La robe le gênait, mais il finit par s'en servir comme d'une alliée, transformant les différentes couches de tissus en autant de mains.

Quand il caressa ses tétons durs et gonflés, il sentit Alyssa se resserrer autour de lui, alors qu'il la croyait déjà à son maximum. Il en laissa échapper un soupir de délice.

Elle ne mit pas longtemps à se rendre compte du rôle qu'elle pouvait jouer malgré sa position. Elle s'ingénia alors à le tourmenter, serrant et relâchant ses muscles, imprimant à ses hanches un petit mouvement circulaire… jusqu'à ce qu'il parte de nouveau à l'assaut de son clitoris, caché au cœur de ses lèvres humides, et que ses caresses lui arrachent des gémissements de plaisir.

Il avait l'impression qu'elle se laissait totalement aller aux sensations qu'il déclenchait en elle. Il n'aurait pas pensé que cela puisse être aussi gratifiant, aussi sensuel ; il se sentait puissant. Viril.

Rongé de désir, il n'avait qu'une envie : aller plus vite, plus profond. Il ne rêvait que de ça ! Mais il lui fallait être patient.

Aux premiers signes de l'orgasme, il était prêt.

Il se retira, savourant le petit cri de protestation d'Alyssa, et la pénétra de nouveau sans attendre. Il sentit ses paupières papillonner et faillit tout lâcher pour se laisser aller en elle.

Elle s'agrippait désespérément à lui, ses talons lui rentraient dans les fesses, mais son pantalon le protégeait contre leur bout pointu.

Tout s'était passé si vite qu'il n'avait même pas pris le temps de se déshabiller. Pourtant, paradoxalement, il se sentait à découvert.

Il n'accéléra pas son mouvement : ils étaient tous les deux sur le point de jouir. Il entendit des voix quelque part, au loin, mais ne s'en inquiéta pas, sûr de l'intimité que la pièce leur offrait.

A chacun de ses coups de reins, Alyssa laissait échapper un gémissement. Il la vit chercher sa main qui tenait toujours ses bras contre le mur. Il comprit qu'elle avait besoin d'un appui fixe pour ne pas se laisser emporter par la tempête sur le point de se déclarer.

— Oh… oh… oh… s'il te plaît, s'il te plaît…, s'écria-t-elle.

Il pouvait lui donner ce dont elle avait envie. Soudain, il ne voulut rien tant que ça, lui donner tout ce dont elle avait envie, et pas seulement l'orgasme qu'elle appelait de ses vœux.

Il sut qu'elle avait joui à la seconde près. Il la sentit se contracter d'un coup puis se détendre, l'entraînant à sa suite dans la jouissance.

Il ne put retenir un sourire satisfait. Enfin. Enfin.

Elle ne bougeait plus, mais il était trop absorbé pour s'en rendre compte, tout entier à son plaisir teinté de lâcher prise physique et d'épuisement.

L'orgasme le prit quasiment par surprise. Il eut l'impression que tout devenait flou. Il resserra sa prise autour des poignets d'Alyssa, avant de se rendre compte que cela risquait de lui faire mal.

Il se mit à trembler, éperdu du plaisir qu'il avait éprouvé à lui faire l'amour. Il n'avait jamais rien ressenti d'aussi fort. Ses conquêtes avaient pourtant été nombreuses, et les dix-sept dernières années de sa vie remplies de coups plus ou moins bons, d'histoires d'un soir plus ou moins glorieuses.

Tout à sa volupté, il en oublia la plus élémentaire prudence. Jusqu'à ce qu'une vive douleur à l'arrière du crâne le rappelle à l'instant présent. Dans un geste mal maîtrisé, Alyssa avait arraché la cordelette de son masque en même temps qu'une touffe de ses cheveux.

Ils étaient si proches qu'il vit sa réaction en gros plan. Une image qui resterait gravée à jamais dans sa mémoire. Celle d'un visage radieux et languide se transformant en un instant sous l'effet de la douleur et de la colère.

Il paniqua.

— C'est quoi, cette blague ? gronda-t-elle sourdement.

Il aurait préféré qu'elle hurle. Qu'elle perde son sang-froid. Sa fureur contenue le terrifiait.

— Alyssa..., commença-t-il, cherchant les mots à même de désamorcer la crise qui se préparait.

— Lâche-moi ! lança-t-elle d'une voix rageuse.

Il sentit qu'elle remuait le bassin, essayait de le repousser de ses mains. Il pesa alors davantage sur elle pour lui ôter sa liberté de mouvement.

Elle entrouvrit la bouche, mais il l'interrompit avant même qu'elle ait eu le temps de s'exprimer.

— Princesse, continue comme ça et c'est reparti pour un tour...

Il bougea un peu pour qu'elle se rende mieux compte de l'effet que sa tentative de fuite avait eu sur lui. Elle s'immobilisa aussitôt. Seule sa gorge remuait, secouée par le violent martèlement de son pouls. Il faillit succomber à son désir et l'embrasser à l'endroit qui palpitait.

Heureusement, il reprit ses esprits et la regarda droit dans les yeux. Ils brillaient d'une étrange lueur. Par souci d'égalité, il tira gentiment sur son masque et le lui enleva.

Il vit le pli que formait sa bouche se durcir, mais elle ne fit rien pour l'arrêter, émergeant lentement de sa transe. Une de ses jambes glissa à terre, son talon heurtant le sol avec un bruit sec. Mais il lui serait impossible de bouger l'autre, tant qu'il refuserait de se retirer.

— Lâche-moi ! répéta-t-elle avec autorité.

Il n'était pas de ceux à qui on donnait des ordres.

— A une condition.

— Accordée.

Il sourit. Ce n'était pas la meilleure chose à faire, mais il ne put s'en empêcher. Il savait qu'elle lui en voudrait pour ça. Tant pis.

Elle lui lançait un défi. Et il aimait ça.

Il la vit plisser les yeux.

— Tu ferais mieux d'attendre la condition en question, non ?

— Je préfère n'importe quelle condition à ma situation actuelle.

Il éclata de rire, réaction qui sembla la surprendre.

— Tu trouves ça drôle ?

— Non, c'est juste que ta situation ne paraissait pas te

gêner tant que ça, il y a deux minutes. Admets-le, tu avais envie de moi. Tu avais envie de moi depuis le tout premier soir. Rassure-toi, je n'avais que ça en tête, moi aussi, finit-il par lui murmurer en se rapprochant d'elle.

Il la vit frissonner et sentit qu'elle se resserrait autour de lui. Son corps l'avait trahie. Toute velléité d'humour le déserta.

Se rappelant soudain qu'elle était dans une position des plus vulnérables, elle chercha de nouveau à se dégager.

— Laisse-moi ! gronda-t-elle, plus fort cette fois, au point que le murmure environnant se tut.

— Moins fort, Alyssa. Tu es bouleversée. Je comprends, je ne t'en veux pas. Il faut qu'on parle, mais tu dois d'abord te calmer. Je ne te laisserai pas faire une scène, d'autant que ni toi ni moi ne portons plus de masque.

Elle voulut rétorquer, une réponse pas des plus agréables, sans doute, étant donné le feu mauvais qui brillait dans ses yeux. Il l'interrompit une nouvelle fois en collant son visage au sien et en la regardant fixement.

— Je ne fais rien d'autre que ce que je t'ai promis, Alyssa. Je te protège. Surtout, ne te laisse pas aller à faire quelque chose que tu pourrais regretter plus tard.

Le feu qui couvait dans son regard s'éteignit. Presque imperceptiblement, elle hocha la tête, tout en murmurant :

— Trop tard.

Ces deux mots lui firent l'effet d'un coup de pied en plein ventre. Comment pouvait-elle lui faire si mal avec si peu de mots ?

Quelle idiote ! Comment avait-elle pu ne pas se rendre compte que son inconnu et Beckett Kayne n'étaient qu'une seule et même personne ?

Et lui, est-ce qu'il savait qui elle était depuis le début ? Etait-il allé sur ce balcon pour l'espionner ?

L'humiliation était d'autant plus cuisante que sa position était... délicate. Elle était écrasée contre le mur d'un placard donnant sur une salle de bal surpeuplée, et Beckett ne s'était toujours pas retiré.

Sans compter qu'elle était encore sous le choc de deux orgasmes et que son corps manquait la trahir à chaque instant. Et quels orgasmes ! Elle avait encore du mal à y croire. Pas étonnant qu'une petite voix en elle la supplie de tout oublier et de se laisser prendre une fois encore.

Le simple fait de penser au talent de Beckett suffisait à l'électriser. Son périnée lui faisait mal d'avoir été tant sollicité, et elle sentait le désir l'envahir de nouveau. Il fallait absolument qu'il se retire si elle voulait conserver un semblant de lucidité !

Mais comment l'obliger à la laisser partir ? Elle était prête à tout, quel qu'en soit le prix. Sans cela, elle avait peur de ne pas résister à son désir et de le supplier de lui faire l'amour. Quand bien même son amour-propre en serait irrémédiablement blessé. Quand bien même elle ne se le pardonnerait jamais.

— Si tu me promets de ne pas t'enfuir en courant à la minute où je me retire, je te relâche.

Elle trouva ses yeux plus sombres que d'habitude quand il prononça cette phrase. Comme il attendait sa réponse, elle finit par hocher lentement la tête. Mais il ne bougea pas. Il continua à la regarder, comme s'il cherchait un indice lui révélant qu'elle mentait.

En réalité, elle n'avait aucune idée de ce qu'elle ferait quand elle serait libre.

Beckett sembla s'en rendre compte et finit par se retirer.

Elle faillit laisser échapper un soupir de plaisir quand son pénis encore dur effleura ses plis sensibles.

La lueur de désir qui illumina un bref instant les yeux de Beckett ne lui échappa pas, mais il n'alla pas plus loin. Elle aurait préféré qu'il ne sache pas à quel point elle le désirait encore, tout en étant sûre qu'il savait.

Il avait donc une longueur d'avance sur elle, dont il n'hésiterait pas à se servir, s'il en avait l'occasion.

Elle le vit sortir un mouchoir de sa poche et se pencher vers elle pour lui essuyer l'intérieur des cuisses.

C'était trop. Elle soupira. Il était trop gentil. Elle aurait presque préféré qu'il soit dur et détaché. Mais ce n'était pas le cas. Il prenait soin d'elle jusqu'au bout. Tout comme la nuit précédente.

Elle se sentait en proie à des émotions contradictoires. Elle aurait voulu le haïr, mais n'y arrivait pas. La chose aurait été plus simple si elle avait pu garder la basse opinion qu'elle avait de lui, nourrie par le souvenir du regard plein d'horreur et de résignation qu'il lui avait adressé bien des années plus tôt, avant de la laisser seule avec son désir et son humiliation.

Il avait bien changé.

A ce moment précis, curieusement, Beckett Kayne et l'inconnu masqué se fondirent en une seule et même personne. Sous l'intensité du regard gris acier qui l'enveloppait tout entière, elle se sentit de nouveau visible, voulue.

Il l'étudiait de si près qu'elle se sentit oppressée, désir et déni l'emportant toujours plus loin sur cette pente.

Le voir prendre soin d'elle lui plaisait, elle se sentait à l'abri. Aimée. Désirée. Comme le soir où il l'avait surprise à sa fenêtre.

Mais elle ne voulait pas de Beckett Kayne.

Il l'aida à lisser sa robe et s'assura qu'elle était bien en place avant de reculer.

Elle eut soudain froid et sentit la gêne refluer en elle.

Sans rien dire, elle l'observa remonter sa braguette et mettre le préservatif dont ils s'étaient servis dans sa poche. Quand ils furent tous les deux présentables, il recula de quelques pas supplémentaires.

Elle n'avait rien tant besoin que d'espace pour respirer. Elle aurait préféré ne pas lui être reconnaissante de ce geste, mais elle l'en remercia intérieurement.

La colère qu'elle avait éprouvée quelques minutes plus tôt s'était tarie. Elle essaya de la raviver en lançant :

— Je suppose que tu t'es bien amusé, le premier soir. Ça a dû être drôle de me voir me ridiculiser depuis ton balcon. Qu'est-ce que tu faisais, tu m'espionnais ?

— Non. Je n'avais aucune idée de qui tu étais jusqu'à ce que je te voie dans la salle de réunion, répondit-il en serrant les lèvres et en s'ébouriffant les cheveux.

Elle comprit qu'il était aussi éprouvé qu'elle par la situation. Ce qui apaisa un tant soit peu ses nerfs en pelote.

— Je ne voulais pas venir, ce soir. Je suis monté sur le balcon pour être un peu tranquille, reprit-il.

Tu parles qu'il avait été tranquille !

Cherchant à se libérer des émotions qui se succédaient en elle, elle ferma les yeux. Elle ne comprit qu'il avait bougé que lorsqu'elle sentit son doigt contre sa joue. Elle s'efforça de garder son calme.

— Je n'ai jamais voulu me servir de toi, Alyssa. J'avais envie de toi. Bien avant que j'entre dans la salle de réunion et que je te voie, de nouveau vêtue de pied en cap. A ce moment-là, il était déjà trop tard. Je n'avais plus qu'une idée en tête : toi.

Elle fit entendre un bruit à mi-chemin entre le rire et l'incrédulité.

— Il peut se passer quelque chose entre nous sans que ça ait à voir avec le travail, poursuivit-il en faisant un geste qui englobait l'espace entre eux.

— Le problème, Beckett, c'est que tu ne m'as rien dit. Depuis cette réunion, tu n'as fait que me mentir. Tu m'as laissée me ridiculiser.

— Et c'est pour ça que tu m'en veux ? Pour une stupide histoire d'orgueil ? Est-ce que tu imagines à quel point ça a pu être difficile pour moi de ne rien dire ? Je savais qu'en te mettant au courant tu me repousserais sans même prendre le temps d'y réfléchir.

— Et j'en aurais eu le droit ! J'aurais eu le droit de faire ce choix. Je te rappelle que tu essaies de me voler le fruit de mon travail. Tu crois vraiment que je vais te laisser faire ?

— Je ne veux pas te voler ton travail, Alyssa. Je veux te l'acheter, mais tu ne l'as pas permis. Tu ne m'as pas laissé le choix, répéta-t-il en allant et venant rageusement devant elle, comme s'il n'arrivait pas à se faire comprendre.

— On a toujours le choix, Beckett. Tu aurais pu accepter que je te dise non et laisser V & D tranquille, répliqua-t-elle d'une voix rauque.

Il se retourna brusquement et fut sur elle en quelques enjambées. Elle sentit le flot brûlant de sa colère menacer de tout consumer. Il plaqua les mains sur le mur de part et d'autre de sa tête, la forçant à le regarder droit dans les yeux. Elle lut dans le regard qu'il lui adressait un mélange de frustration, de désir, de chaleur et de rage.

— J'ai besoin de cette application, Alyssa. Sans elle, je n'arriverai pas à développer A découvert à l'international. A en faire un grand nom, capable de nous rapporter des millions.

— C'est tout ce qui t'importe ? L'argent ? C'est vraiment la seule chose qui compte pour toi ?

Elle n'eut pas de mal à sentir toute l'amertume qu'elle avait mise dans ces quelques mots, mais elle n'avait aucune prise dessus. Elle aurait préféré qu'il ne soit pas comme ça, mais qu'y pouvait-elle ? Se voiler la face ne changerait rien à la situation.

C'était déjà pour son argent qu'il s'était intéressé à elle la toute première fois. Pourquoi en serait-il autrement aujourd'hui ? Il jouait bien le rôle de l'amoureux transi, mais de là à le prendre au sérieux…

L'argent avait dû être ce pour quoi il s'était battu, au début. Mais il n'était plus à quelques centimes près, à présent. Un de plus gagné par le virus de la cupidité !

Douze ans avaient passé et rien n'avait changé.

Pourquoi était-elle aussi déçue ? Pourquoi sentait-elle comme une pointe lui transpercer le cœur ?

Elle avait grandi dans le luxe. Elle avait eu tellement d'argent qu'elle ne s'en était pas préoccupée, qu'elle s'en était même désintéressée. En grandissant, pourtant, elle avait compris que c'était tout ce qui intéressait Bridgett. Et que Bridgett était tout ce qui intéressait son père.

Sa belle-mère ne vivait que pour l'argent. Alyssa la détestait pour ses manigances et la manière dont elle montait son père contre elle simplement pour s'assurer une plus grosse part du gâteau.

Elle la détestait d'autant plus qu'elle se moquait bien de sa part d'héritage.

Or, dans les yeux de Beckett, c'était cette même lueur qu'elle observait. Le ventre noué, elle se sentit paniquer.

— Tu ne comprends pas. Tu ne peux pas comprendre, grogna-t-il.

Elle secoua la tête et sentit la tristesse l'envahir.

— Qu'est-ce que j'ai bien pu te faire pour que tu me rejettes d'entrée de jeu ? Je ne t'avais jamais vue, avant ce fameux soir !

Elle lui rendit son regard, les joues aussi brûlantes que s'il l'avait giflée. Elle se doutait bien qu'il ne se souvenait pas d'elle. Mais son aveu lui renvoya en pleine face l'évidence de sa médiocrité : il l'avait oubliée si facilement !

C'était douloureux. Très douloureux.

Et ça lui rappelait trop son enfance. Des souvenirs qu'elle avait tout fait pour oublier. Son père trop occupé pour écouter le récit de sa journée, mais prenant Mercedes sur ses genoux et la laissant lui raconter des histoires de rubans, de chiots et de robes. Elle avait essayé de ne pas dire un seul mot aux repas pendant une semaine, pour voir. Personne n'avait remarqué — personne ne s'était inquiété. Cela faisait maintenant des années qu'elle avait réussi à se débarrasser de cette impression de n'exister pour personne. Mais les quelques mots de Beckett avaient fait mouche : elle se sentait de nouveau transparente.

Et elle détestait ça ! Ça la rendait malade.

Elle eut soudain envie de tout lui révéler. De voir comment il réagirait. Serait-il gêné ? Horrifié ? Ou n'éprouverait-il pas le moindre remords ?

Non, elle ne voulait pas savoir. Elle ne voulait pas avoir à réfléchir à ce qu'elle ferait s'il réagissait plutôt comme ci ou comme ça. Elle ne savait d'ailleurs pas vraiment quelle réaction elle aimerait qu'il ait.

— Tu vas nous laisser tranquilles avec cet emprunt ou pas ? lui demanda-t-elle, la voix étranglée.

— Je ne peux pas, répondit-il, le visage fermé.

Elle essaya de ne pas se laisser envahir par le désespoir, en vain. Une fois de plus, elle était quantité négligeable. Beckett avait plus envie de son application que d'elle.

Reconstruisant à la hâte ses défenses en lambeaux, elle parvint à revêtir le manteau d'indifférence qui l'avait tant de fois sauvée par le passé. Elle se composa un visage froid et s'éloigna du mur. Beckett la saisit au poignet. Plutôt que de chercher à se dégager, elle dirigea son regard vers l'endroit où il la tenait. Et attendit.

Quelques secondes suffirent pour qu'il la lâche et serre le poing.

Elle se força à le regarder dans les yeux.

— On arrête tout, dit-elle.

Puis elle s'en alla.

Chapitre 9

Difficile de laisser partir Alyssa. C'était ce qu'il avait de mieux à faire, pourtant, mais Beckett avait le plus grand mal à s'y résoudre.

La pression montait en lui, à la limite du supportable, le poussant à agir. Il essaya de se convaincre que c'était sexuel, que c'était de son corps dont il avait envie. La vérité, c'était qu'il avait envie de bien plus que ça.

Il voulait apprendre à la connaître. Comprendre son tatouage. Savoir d'où venait la pointe de tristesse qu'il voyait parfois briller au fond de ses yeux.

Bien sûr, son désir était également physique. Il aurait pu continuer à lui faire l'amour des heures durant. Il avait adoré la voir s'abandonner à lui, oublier tout le reste, n'être plus présente qu'à eux…

Il essaya de se raisonner mais trop tard : il s'était déjà lancé à sa poursuite.

Il traversa la foule en suivant les éclairs de bleu, de violet, de noir et de peau dénudée qu'elle semait derrière elle, puis se rendit à l'évidence : il n'arriverait pas à la rattraper, il y avait trop de monde. Tant pis. Il savait où la retrouver.

Il sortit du bâtiment et vit disparaître au coin de la rue la voiture qu'il avait louée pour elle. Il fit un geste au voiturier pour qu'il lui approche la sienne, et démarra en trombe.

Il se gara dans le quartier d'Alyssa et finit le trajet à pied. Pourquoi était-il venu là ? Pour s'assurer qu'elle était bien rentrée ? A moins que ce soit autre chose... Il n'arrivait pas à digérer la douleur qu'il avait lue dans ses yeux au moment où son masque était tombé.

Quelque chose clochait. Quelque chose de grave. Mais quoi ?

Sa raison mettait la colère d'Alyssa sur le compte de ses cachotteries. Il sentait pourtant que ce n'était pas tout. Elle n'avait eu l'air vraiment malheureuse que plusieurs minutes après lui avoir arraché son masque.

Il se força à être honnête avec lui-même. Il ne rêvait que d'une chose : la protéger. La mettre à l'abri, lui épargner d'être de nouveau blessée par qui que ce soit — y compris par lui.

C'était pour ça qu'il la suivait.

Il se trouvait à présent dans l'allée qui séparait son immeuble du balcon où il l'avait aperçue pour la première fois. Une douce lumière irradiait de sa fenêtre.

Il escalada l'escalier de secours et atteignit le balcon. Il n'avait absolument pas le droit de faire ça, mais ça lui était complètement égal. Il ne se souvenait même pas du nom de celui qui vivait là ! Il continua à monter d'un pas égal.

Où était passé le Beckett raisonnable et respectueux de la loi ? Quel charme Alyssa Vaughn lui avait-elle donc lancé ?

Une fois en haut, il se glissa dans l'ombre et se pencha une nouvelle fois sur la rambarde pour ne rien rater de ce qui se passait dans la chambre d'Alyssa.

Il fut un peu déçu en voyant qu'elle avait déjà retiré sa robe. A la place, elle avait enfilé une chemise de nuit très ajustée d'un vert aussi pâle que celui de ses yeux, qui tenait aux épaules par de larges bretelles bordées de dentelle et lui tombait aux genoux. Elle était si féminine… si sensuelle.

Tout à fait son style.

Il la vit ensuite accrocher sa robe sur un cintre capitonné, qui ne retint qu'à grand-peine la soie liquide. Elle lissa alors le tissu vaporeux des doigts, comme si elle rechignait à s'en séparer.

Elle ne jetait pas la robe à la poubelle. Ne la brûlait pas. Il y avait donc encore de l'espoir…

Sans prendre le temps d'y réfléchir, il composa son numéro.

Alyssa tourna la tête, l'air étonné, accrocha le cintre, avança précautionneusement jusqu'à sa commode où il apercevait son téléphone, et tendit le cou pour essayer de voir qui l'appelait.

Elle ne pourrait rien lire d'autre que « numéro inconnu ». Si seulement elle pouvait décrocher !

Mais elle hésita trop longtemps et l'appel bascula sur sa messagerie. Il raccrocha et rappela aussitôt.

Il la vit froncer les sourcils, manifestement en plein désarroi. Puis elle décrocha cette fois-ci.

— Retourne-toi, dit-il aussitôt.

Malgré la distance qui les séparait, il perçut le frisson qui la saisit. Elle pivota lentement sur ses talons.

Il sortit alors de l'ombre pour qu'elle le voie. C'en était fini des masques, des mensonges, des secrets. Il remarqua qu'elle s'humectait les lèvres.

— Pourquoi tu m'appelles ? Qu'est-ce que tu fais sur ce balcon ?

— Je réponds à quelle question ?

— Aux deux.

Il changea son portable de main. Il n'avait pas pris le

temps de réfléchir à ce qu'il voulait lui dire. Bon sang, il était allé trop vite… Tant pis, il improviserait.

— Je voulais être sûr que tu étais bien rentrée. C'était le moins que je puisse faire…

— Arrête ! Ne me fais pas le coup du gentil héros attentionné.

— Je suis loin d'être un héros.

— C'est le moins qu'on puisse dire !

Aïe… Pourquoi ces paroles lui faisaient-elles aussi mal ?

— Alors ? Pourquoi tu m'appelles ?

— Parce que j'ai besoin de comprendre, Alyssa. Qu'est-ce que j'ai bien pu te faire ?

Elle secoua la tête et s'affala sur la banquette placée au pied de son lit. Elle enfouit son visage dans ses mains, puis se frotta les yeux. Mais elle ne raccrocha pas.

Il l'entendit pousser un soupir fatigué, puis elle reprit :

— Ce n'est pas la première fois qu'on se rencontre, Beckett. Mais ça remonte à loin.

A ces mots, il sentit son estomac se tendre. Ils auraient déjà couché ensemble et il aurait oublié ? Non. Impossible. Jamais il n'aurait oublié son corps de fée.

— A quand ?

— Douze ans. Pendant une fête.

— Tu étais encore mineure, alors ?

Elle leva vers lui des yeux brûlants de colère et sa jolie bouche se tordit.

— J'avais à peine dix-sept ans.

Il déglutit bruyamment. Le regard qu'elle lui lançait le mettait à l'agonie : un mélange de douleur, de déception et d'un autre sentiment encore à vif… Celui d'une confiance trahie. Oui, c'était bien ça.

Qu'est-ce qu'il avait bien pu lui faire ?

Il ne se sentit même pas soulagé de la voir détourner le

regard : il voulait ce contact-là, il voulait être le témoin de cette émotion, même si c'était douloureux, même s'il ne comprenait pas. C'était tout ce qu'il partageait avec elle. Il ne fallait surtout pas qu'elle rompe le lien.

— J'étais furieuse. Ma belle-mère m'avait une fois de plus mis mon père à dos. Sauf que ce soir-là j'en avais marre, marre de leurs manigances, marre de leurs insultes. Mon père m'avait encore servi l'un de ses sermons, comme quoi je payerais cher mes prétendues mœurs légères. En tant que Vaughn, j'avais une réputation à tenir. Mon comportement pouvait affecter toute ma famille, ma belle-mère, ma petite sœur, lui. Or il refusait d'être la cible du qu'en-dira-t-on…

Elle eut un petit rire amer, qui résonna de manière presque métallique à ses oreilles.

Elle se frotta le nez avant de reprendre :

— S'il avait su… Le qu'en-dira-t-on, c'était Bridgett qui l'alimentait de ses mensonges ! Moi, je n'avais encore jamais eu de copain, je n'avais jamais touché à l'alcool, ni aux cigarettes, encore moins à la drogue ! Dans mon lycée, il était assez facile de se procurer de la drogue. Tout le monde était plein aux as et complètement blasé. Moi aussi, j'aurais pu, mais je ne l'ai pas fait. Peut-être que j'aurais dû. Ça m'aurait certainement aidée à passer mes dernières années chez mes parents ! Mais je ne pensais qu'à une chose : que mon père soit fier de moi. Qu'il m'approuve, fasse attention à moi et m'aime.

Il entendit un son étouffé à l'autre bout de la ligne. Sa main se crispa involontairement. Il aurait voulu être à ses côtés pour pouvoir la toucher. La consoler. Mais une rue les séparait. Pour se rassurer, il se dit que, même s'ils avaient été dans la même pièce, elle n'aurait probablement pas accepté qu'il la serre dans ses bras…

— Oui, je n'avais jamais pris de drogue avant le GHB de la dernière fois. Si ça n'est pas pathétique…

— C'est loin d'être pathétique, l'interrompit-il. Crois-moi, être défoncé ne présente pas un grand intérêt…

Elle rit, mais son rire sonna faux.

— Bref, j'étais à bout. J'en avais assez de jouer à la fille parfaite et de me voir reprocher des crimes que je n'avais pas commis. Sauf que j'étais adolescente et que mes hormones me travaillaient. J'avais lu des centaines d'histoires parlant d'amour et de sexe, et j'avais envie d'essayer. Alors, comme ça, j'étais une traînée ? Eh bien, j'allais leur en donner, des mauvaises mœurs ! En arrivant à cette soirée, j'avais pour objectif de me bourrer la gueule et de coucher avec le premier venu.

Lentement, elle leva les yeux vers lui, jusqu'à ce que leurs regards se rencontrent. Il comprit immédiatement. Et faillit succomber à un violent dégoût.

Si seulement il pouvait se tromper ! Mais il n'y croyait pas.

— Moi, lâcha-t-il.

— Toi, confirma-t-elle. Je n'ai pas mis longtemps à être soûle, quelques bières et le tour était joué. L'instant d'après, tes amis et toi entriez. Je savais que vous aviez terminé le lycée quelques années plus tôt et j'avais entendu parler de toi. Tu correspondais parfaitement au type d'homme que mon père exécrait. Imprévisible, dangereux, le pire choix possible pour une jeune fille rangée. Le meilleur choix possible pour moi, conclut-elle en grimaçant une nouvelle fois.

Dire qu'il ne se souvenait même pas de la soirée en question ! Ce n'était pas non plus si surprenant que ça, elles se ressemblaient toutes. Si ce n'était pour la date, le lieu et les gens, il suffisait d'assister à une pour les connaître toutes. A peu de chose près.

Ils vivaient dans un petit cercle bien fermé. Etaient tous issus de familles riches et puissantes. Quoique encore jeunes, ils avaient déjà compris que la vie leur serait plutôt douce, qu'on leur pardonnerait la moindre transgression, le moindre péché.

Sauf que lui s'était fait jeter dehors. Il s'était alors retrouvé à cheval entre deux mondes : il n'appartenait plus à l'ancien, mais n'arrivait pas à s'en détacher entièrement. Pas quand tous ses amis s'y complaisaient encore.

Alyssa coupa court à ses pensées.

— Je savais que ton père t'avait mis à la porte. Tout le monde le savait. Tu avais été l'unique sujet de conversation pendant des mois. Peut-être que c'est ce qui m'a attirée. J'avais l'impression qu'on partageait quelque chose. On a dansé. Je t'ai un peu dragué. Avant de comprendre ce qui m'arrivait, on était tous les deux dans une chambre à l'étage.

Beckett ferma les yeux et renversa la tête en arrière.

— Je t'en prie, dis-moi que je n'ai rien fait de stupide ! Dis-moi que je ne t'ai pas fait de mal. Que je ne t'ai pas forcée.

Il s'en serait souvenu, ce n'était pas possible ! Il n'avait jamais forcé une fille de sa vie, mais il devait être salement bourré, s'il ne se souvenait même pas de l'avoir déjà rencontrée…

Un rire hystérique mit un terme à ses conjectures. Il écarquilla les yeux et la chercha du regard. Il ne mit pas longtemps à la trouver : recroquevillée sur elle-même, se tenant le ventre, elle avait enfoui la tête dans ses genoux.

Il la fixa, impuissant. Il aurait tellement aimé pouvoir faire quelque chose pour lui venir en aide ! Mais quoi ?

— Mon pauvre, tu ne m'as rien fait ! Tu m'as à peine embrassée ! J'étais allongée à côté de toi, tu remuais ta langue dans mon oreille. Je t'ai alors annoncé que j'étais vierge, et tu as bondi en arrière comme si je t'avais brûlé.

Je me souviens de ton regard, de ton air partagé entre l'horreur et l'inquiétude… comme si j'étais contagieuse.

Elle abandonna lentement la position protectrice qu'elle avait prise, s'effondra sur son lit sans même lui jeter un regard, et se mit à contempler le plafond, un bras replié contre son oreille, l'autre perpendiculaire à son corps.

Sa chemise de nuit laissait voir toute la longueur de ses cuisses. Elle avait les genoux au niveau du montant de lit, suffisamment haut pour que ses pieds battent dans le vide. Dans cette position, elle avait tout de la jeune fille innocente dont elle parlait.

Il aurait tant aimé pouvoir remonter dans le temps et effacer tous ces mauvais souvenirs !

— Pour être tout à fait honnête, j'aurais pu m'en remettre. J'avais l'habitude d'être rejetée et ignorée. Partout où j'allais, je me sentais indésirable. Mais c'était sans compter les rumeurs du lundi d'après… J'avais beau avoir de l'argent, ça ne suffisait pas pour qu'on couche avec moi. Or je savais à quel point tu avais besoin d'argent, dit-elle en relevant la tête et en le regardant droit dans les yeux.

Il sentit sa gorge se serrer. Qu'est-ce qu'il aurait bien pu répondre à ça ?

— Je ne m'en souviens pas, finit-il par murmurer dans un silence pesant.

— Je sais.

Il ne se souvenait de rien d'autre que de Mason lui montrant du doigt une fille plutôt mignonne et pariant qu'il n'aurait aucun mal à séduire cette timide héritière.

Qu'est-ce qu'il lui avait répondu ? Le souvenir précis lui échappait, mais il était certain que c'était quelque chose comme : « Lâche-moi avec ça. » D'accord, il avait besoin d'argent, mais de là à s'abaisser à ce point !

C'était pourtant ce que son père avait fait. Il avait gagné

ses premiers millions en épousant une riche héritière, puis il s'était ingénié à faire de la vie de sa femme un enfer. Lui-même en avait suffisamment souffert pour ne pas faire la même erreur.

Il avait eu envie — besoin — de faire autrement, et avait réussi.

En attendant, il passait un mauvais quart d'heure. Consumé d'angoisse, il essaya de trouver les mots pour effacer le passé. En vain.

— Merde ! cria-t-il en tapant du poing contre la balustrade.

Alyssa ne réagit pas à son éclat. Avec sa grâce coutumière, une grâce qu'il trouva à ce moment précis aussi sensuelle que désespérée, elle se remit calmement debout.

— Alyssa, je suis désolé, murmura-t-il pour combler le vide qui les séparait.

Il la vit secouer la tête. C'était la seconde fois en une semaine qu'il la voyait avancer vers la fenêtre, son superbe corps éclairé par-derrière. Son expression reflétait à la fois un désespoir immense et une détermination totale.

Quand il la vit tendre le bras en dehors du cadre, il comprit ce qu'elle allait faire.

— Attends, ne fais pas ça ! Laisse-moi…

Il voulait dire « laisse-moi entrer » mais, au regard qu'elle lui lança, il vit qu'elle avait compris tout autre chose.

Elle déglutit et murmura :

— Je n'y arriverai pas.

Alyssa mit deux bons jours à se remettre de ses émotions. Elle était courbatue à des endroits qui ne lui rappelaient que trop bien ce que Beckett lui avait fait le soir du bal, et fortement ébranlée par la conversation qui avait suivi.

Cette fois-ci, c'était elle qui l'avait rejeté. En son âme et conscience. Mais alors, pourquoi souffrait-elle autant ?

Sans doute parce qu'elle continuait à espérer qu'il ferait un geste pour leur emprunt. Elle pouvait toujours attendre. Ce n'était pas dans ses habitudes.

D'ailleurs, pourquoi l'aurait-il fait ? Tout le monde l'avait toujours ignorée. Tout le monde l'avait toujours fait passer après les autres. Après sa défunte mère. Après sa belle-mère. Après sa sœur.

Qu'est-ce qui avait bien pu lui faire penser que Beckett la choisirait, elle ? Quelle imbécile ! Ils avaient couché ensemble, une fois. Point à la ligne.

Malheureusement, la douleur persistait.

Pour être honnête, elle s'attendait à une telle attitude de la part de l'homme dur et cruel que Beckett Kayne avait jusqu'à présent été pour elle. Mais, depuis peu, elle avait découvert un autre homme, séduisant, puissant, attentionné, qui l'avait protégée, lui avait fait découvrir de nouvelles sources de plaisir, et l'avait suivie jusqu'à son appartement pour s'assurer qu'elle était bien rentrée, alors même qu'elle l'avait insulté… Comme elle aurait aimé que cet homme-là existe pour de vrai ! Mais il n'existait pas ; sinon, jamais il ne l'aurait laissée traverser une telle solitude, une telle souffrance.

Heureusement que Vance Eaton était toujours intéressé par leur application. La signature devait avoir lieu sous peu. Le surlendemain, pour être plus précis. Elle devait le voir le jour même à une soirée de bienfaisance, histoire de fignoler les derniers détails.

Elle avait en effet découvert qu'il était toujours plus agréable de parler affaires au milieu d'hommes en costumes, de femmes en belles robes et de coupes de champagne.

Plus Vance Eaton serait détendu et mieux les choses se passeraient pour elle.

Voilà pourquoi elle se retrouvait de nouveau perchée sur des talons aiguilles. Sauf que, cette fois, la robe bustier dorée qu'elle avait choisie était un peu plus couvrante que la précédente. Et lui allait comme un gant. D'accord, elle s'était donné un peu de mal, mais elle serait bientôt récompensée de ses efforts. Patience donc.

Elle se glissa dans sa voiture, un modèle tout récent et très confortable, et se dirigea vers le lieu de rendez-vous, une plantation située à l'extérieur de la ville. Elle aurait aimé pouvoir conduire un véhicule comme celui de Beckett, mais n'en avait pas les moyens. Peut-être pourrait-elle un jour goûter à ce luxe… Pourquoi pensait-elle à ça ? Ça ne lui suffisait pas d'être heureuse et prospère ? Que lui importait ce genre de gadgets !

Elle arriva bientôt à destination : une riche villa éclairée de mille feux. En ouvrant sa portière, elle se sentit un peu inquiète. Elle respira profondément à plusieurs reprises pour calmer ses nerfs.

Mitch vint à sa rencontre en dévalant les escaliers. Il savait qu'elle n'était pas toujours très à l'aise dans ce genre d'événements. Il passa un bras autour de sa taille pour la rassurer. Cette fois-ci, pourtant, ce n'était pas nécessaire : elle avait dernièrement découvert en elle une force insoupçonnée.

Peut-être parce qu'elle s'était enfin libérée du jugement des autres à son égard. Elle avait déjà suffisamment de mal à savoir ce qu'elle voulait pour ne pas en plus se soucier de tout un chacun.

Elle se pencha vers lui, l'embrassa gentiment sur la joue, et se libéra de son étreinte. D'ordinaire, elle préférait se cacher derrière lui : il lui servait de bouclier contre les regards scrutateurs des autres invités. Mais ce soir, curieusement, elle se moquait bien d'être au centre de tous les regards.

Elle grimpa les marches d'un pas décidé, ignorant le regard interloqué de Mitch. Arrivée en haut, elle fit une courte pause, le temps de prendre la mesure des invités déjà présents.

Rien à voir avec le bal des Bacchanales. A cette pensée, elle sentit la culpabilité l'envahir : elle n'avait rien dit à Mitch du bal ni de Beckett. Elle n'avait pas réussi. Pas encore. Elle avait d'abord besoin de mettre de l'ordre dans ses idées.

Mitch se glissa derrière elle et murmura :

— Je vais aller offrir un verre à Vance Eaton. Autant se débarrasser du boulot au plus tôt, on profitera mieux de la soirée.

Elle acquiesça et le vit disparaître dans la foule. La soirée était donnée en l'honneur d'un hôpital pour enfants, un projet pour lequel son père et sa belle-mère avaient fait un don très généreux. Si seulement Bridgett pouvait ne pas être là ! La présence de sa belle-mère risquait de porter un coup fatal à son équilibre émotionnel, qu'elle sentait instable.

Pour la plupart des invités présents, elle était et ne serait jamais que la fille aînée de Reginald Vaughn. Ils faisaient partie du même monde, et pourtant... comme ils avaient pu médire sur son compte pendant son adolescence ! Les gens lui souriaient poliment, mais personne ne fit l'effort de venir lui parler.

Ça lui allait. Elle n'était pas plus à l'aise que ça à l'idée de devoir leur faire la conversation ; elle n'avait en définitive rien à leur dire.

Elle adopta donc sa position par défaut, celle d'observatrice, tout en veillant à ne pas se voûter. Chaque fois qu'elle se retrouvait dans ce genre de situation, elle avait l'impression de redevenir la petite fille blessée qu'elle avait été.

Peut-être était-ce lié aux sermons interminables que lui servaient ses parents à chacun de ces événements. Ou à l'appréhension qui la saisissait, une fois sur place : est-ce qu'elle réagissait correctement, répondait ce qu'il fallait ?

Bref, dix minutes plus tard, en dépit de ses bonnes résolutions, elle était tendue comme un ressort. Entre ça et le picotement bizarre qu'elle sentait dans sa nuque, elle n'avait qu'une envie : s'enfuir en courant.

Soudain, un bras puissant s'enroula autour de sa taille. Une vague de chaleur l'inonda et une cascade de sensations délicieuses déferla en elle.

Beckett lui adressa un léger sourire avant de se pencher vers elle et de lui murmurer à l'oreille :

— Je n'aime pas qu'un autre homme que moi te touche.

— Comme si ça te regardait ! répliqua-t-elle.

— J'ai dit que je n'aimais pas ça, pas que ça me regardait.

Elle aurait dû passer outre. Qu'importait qu'il se soucie d'elle ou qu'il soit conscient qu'il n'avait pas son mot à dire ? Elle fut pourtant touchée par cet aveu. Sans doute parce que son corps trouvait pour sa part qu'il avait son mot à dire, compte tenu de ce qui s'était passé entre eux.

Il la poussa vers la piste de danse et la fit tournoyer quelques instants avant de la ramener à lui. L'un contre l'autre, ils flottèrent de concert, Alyssa préférant se laisser guider que de faire une scène. Hors de question qu'elle se donne en spectacle ici. Plutôt mourir.

La musique évitait soigneusement les hits du moment et les morceaux un peu entraînants. Les couples qui dansaient connaissaient surtout la valse, les plus délurés quelques pas de tango.

Beckett la serrait fort, comme s'il voulait qu'elle se fonde en lui. Elle sentit la caresse de ses lèvres sur sa joue.

— Détends-toi, souffla-t-il. Je ne te ferai rien que tu ne veuilles pas faire.

Ce qui ne la calma pas vraiment, au contraire. Ils savaient tous les deux à quel point son corps pouvait « vouloir faire des choses », même au beau milieu d'une salle de bal surpeuplée.

Comme s'il lisait en elle, il desserra son étreinte et, la fixant de ses beaux yeux gris, lui demanda :

— Il y a quelque chose entre Dornigan et toi ?

Elle pinça les lèvres et regarda ailleurs. Elle aurait voulu ignorer sa question, d'une incroyable suffisance, mais elle finit tout de même par y répondre.

— Non.

— Il n'y a jamais rien eu ?

— Jamais. C'est mon meilleur ami. Je le considère comme de ma famille. Ma seule famille.

— Tu n'as pas une sœur et une belle-mère ?

Elle lui fit face et soutint son regard, avant de répéter en articulant consciencieusement :

— Ma seule famille.

Il opina du chef et s'en tint là. Elle en avait l'habitude : personne ne voulait creuser la question de sa famille, ses réponses augurant d'une situation compliquée. Les gens préféraient la voir comme une riche héritière qui avait toujours eu ce qu'elle voulait. Pourquoi Beckett Kayne aurait-il pensé autrement ?

Le morceau se termina. Beckett l'entraîna alors vers les tables situées en bordure de la piste, une main dans son dos.

Elle comprit tout de suite pourquoi. Mitch se tenait là, en compagnie de Vance Eaton et d'un inconnu. Eaton devait approcher de la cinquantaine. Il s'était enrichi en rachetant des entreprises en difficulté et en les redressant. L'autre homme avait les cheveux argentés et un air distingué ; elle lui donna plus de soixante ans.

Ignorant le regard perçant que Mitch lança à Beckett, elle tendit la main à Eaton et le gratifia de son plus beau sourire.

— Je suis ravie que nous ayons pu nous retrouver dans ce cadre, monsieur Eaton. L'endroit est tout de même bien plus agréable qu'une salle de réunion.

Tout sourires, Eaton lui serra la main en retour.

— Appelez-moi Vance, je vous en prie. Croyez-moi, je ne rate jamais une occasion de faire se rencontrer une femme aussi belle que vous et une piste de danse. J'espère d'ailleurs que vous daignerez m'accorder la prochaine…

Alyssa acquiesça. Aussitôt, elle sentit le bras de Beckett, dont elle avait oublié la présence autour de sa taille, la serrer plus fort. Elle pensa qu'il lui en voulait de flirter avec Eaton, mais un regard dans sa direction lui apprit que c'était à la présence de l'autre homme qu'il réagissait.

— Papa…, cracha-t-il plus qu'il ne salua.

Il aurait tout aussi bien pu l'insulter.

— Beckett…, répondit l'homme avec un petit sourire de défi.

Il laissa errer son regard sur le bras que Beckett maintenait enroulé autour de sa taille, avant de le fixer sur elle. Ses yeux, gris comme ceux de son fils, lui semblèrent froids, calculateurs et rusés. Elle en frissonna de désagrément.

A l'inverse, à chaque fois que Beckett promenait son regard sur son corps, elle le sentait se réchauffer, et s'énervait de n'avoir aucune prise sur sa réaction. Elle avait toujours l'impression qu'il en voyait toujours beaucoup qu'elle ne voulait lui en laisser voir.

Le regard de Kayne père lui donnait tout simplement

envie de lui tourner le dos et de s'enfuir en courant. Elle se raidit. Les doigts de Beckett s'enfoncèrent plus profondément dans sa hanche, la rapprochant de lui.

— Je peux me tromper, mais Beckett ne vous a-t-il pas imposé sa compagnie ? demanda M. Kayne en portant son regard sur son fils.

Aussitôt, Alyssa sentit qu'à côté d'elle Beckett se tendait. Curieusement, elle eut envie de le soulager en le soustrayant à ce regard.

M. Kayne coupa court à ses états d'âme. La bouche tordue par un vilain sourire, il reprit en direction de son fils :

— Je suis ravi de voir que tu as mûri. Tu as bien raison de vouloir acquérir V & Dtout entier, plutôt qu'une pauvre petite application de rien du tout.

Alyssa accusa le coup. Mitch fronça les sourcils, prêt à en découdre.

Beckett, lui, se contenta de gronder en sourdine, ce qui provoqua en elle une déferlante de sensations — surprise, excitation, joie. Cette réponse primaire, ce désir de protection, la séduisait bien plus qu'elle ne l'aurait dû.

Elle n'avait pourtant besoin de personne pour se protéger !

— Je vous demande pardon ? fit-elle, une nuance menaçante dans la voix.

Se dégageant du bras de Beckett, elle avança d'un pas dans la direction de l'homme qui venait de l'insulter. Sous le coup de l'indignation, son appréhension avait disparu.

— Qui êtes-vous, pour me parler sur ce ton ? On ne se connaît pas, si ? Ça vous amuse d'insinuer que je suis tout juste bonne à mettre dans un lit ? Ou que la promesse d'un orgasme entre en ligne de compte dans mes décisions commerciales ?

Mitch écarquilla les yeux. La bouche d'Eaton fut prise d'un tremblement. Kayne, lui, s'esclaffa d'un rire dur.

— On a du répondant, à ce que je vois ! lança-t-il en étudiant ouvertement son corps, ce qui lui donna la chair de poule.

Il abattit alors la main sur l'épaule de son fils.

— Petit veinard ! Les rebelles sont les meilleures au lit.

Alyssa sentit Beckett se ramasser, comme sur le point de bondir. Il ne lui en faudrait pas beaucoup plus. Elle-même avait grande envie de se jeter sur son interlocuteur, mais rien à voir à côté de la fureur qui semblait animer Beckett.

Or elle ne voulait pas qu'il perde son calme à cause d'elle. Pas maintenant. Ils se trouvaient au beau milieu d'une fête rassemblant tout le gratin de La Nouvelle-Orléans ; c'était le meilleur moyen de déchaîner les rumeurs et de se faire traîner dans la boue.

Elle recula donc, de manière à se placer entre les deux hommes. Beckett essaya bien de l'écarter, mais elle ancra solidement ses talons dans le sol et tint bon.

— Calme-toi, lui souffla-t-elle en lui touchant le bras.

En voyant Kayne reprendre la parole avec insouciance, elle se demanda s'il était aveugle — les efforts que faisait son fils pour se contrôler étaient pourtant visibles ! —, ou s'il cherchait vraiment à ce que la situation dégénère.

— Si je m'en réfère à vos exploits lors des Bacchanales, elle est plutôt prometteuse. Rien à voir avec la frigide coincée qu'était ta mère. Sous son vernis de bonnes manières, cette demoiselle semble avoir ce qu'il faut pour rendre la chose intéressante.

Alyssa sentit ses joues s'empourprer sous le coup de la colère et de l'embarras. Elle était pourtant habituée à se faire humilier, sa belle-mère y avait veillé. Mais c'était la première fois qu'elle se sentait à ce point mortifiée.

Or elle n'avait vraiment pas envie d'avoir honte de ce qu'elle avait fait avec Beckett. Grâce à lui, elle s'était sentie aimée et vivante, ce qui était suffisamment rare dans sa vie pour qu'elle veuille en chérir le souvenir.

Elle croisa le regard froid de Kayne. Il l'observait. Il voulait la voir s'effondrer ou se ruer sur lui… réagir.

Elle résolut de ne rien faire de tout cela. Elle se força à lui répondre d'une voix égale, voire un peu ennuyée :

— Vous ne l'avez peut-être pas remarqué, mais je suis la seule raison pour laquelle Beckett ne s'est pas déjà jeté sur vous. Vous feriez mieux de garder pour vous vos remarques sur ma personnalité, sans quoi je pourrais malencontreusement oublier de le retenir, monsieur Kayne.

Il se mit à rire, aveugle à son dédain et à l'expression mauvaise que Beckett, Mitch et Eaton arboraient. Elle n'avait pas à ce point besoin de leur soutien, mais n'en apprécia pas moins leur geste.

— La partie est donc loin d'être gagnée pour toi, fiston. Mais les défis, ça nous connaît, toi et moi ! reprit Kayne en portant de nouveau son regard de glace sur elle et en ajoutant à son intention : Quand tu en auras marre de lui, viens me voir. Tu ne seras pas déçue.

Alyssa sentit son sang se glacer dans ses veines. Beckett resserra douloureusement sa prise autour de son poignet. Elle ramena sa main libre et lui caressa les doigts. Elle ne voulait pas tant le calmer que le rassurer — un geste qu'elle aurait été bien en peine d'avoir ne serait-ce que cinq minutes plus tôt.

Pour elle, cette scène changea tout. Elle savait que le père de Beckett était le dernier des salauds. Il avait jeté son fils à la rue le jour de ses dix-huit ans et coupé les ponts avec lui sans même prendre le temps d'y réfléchir.

Certes, Beckett ne s'en était pas tenu là. Intelligent et décidé comme il était, il avait réussi envers et contre tout. Mais elle était particulièrement sensible à la question du père et aux conséquences imputables à une mauvaise relation père-enfant.

— Très honnêtement, j'en doute, monsieur Kayne. Vous n'avez pas idée d'à quel point votre fils est formidable.

Elle vit ses yeux briller d'une lueur menaçante.

— Oh que si ! Et j'ai même des photos pour le prouver.

Chapitre 10

Beckett se figea, tous ses muscles comme pris dans la glace, tandis que son esprit s'emballait.

Ce n'était pas du bluff, sans quoi son père n'aurait pas affiché ce petit sourire satisfait. Il devait penser le tenir à sa merci.

Devant sa propre impuissance, il fut pris d'une rage folle. Il eut l'impression d'avoir de nouveau dix-huit ans, de revivre ce jour maudit où cet homme l'avait dépossédé de tout ce qui avait été sien, quelques phrases brutales en guise d'explication.

Heureusement, il n'était plus l'adolescent minable qu'il avait été. Il était devenu quelqu'un. Il s'était battu de toutes ses forces pour s'en sortir et avait réussi.

Son père voulait continuer à le mépriser ? Grand bien lui fasse ! Il s'en moquait.

Sauf qu'il y avait les photos. S'il avait été seul dans l'histoire, il lui aurait ri au nez en le mettant au défi de lui nuire. Mais Alyssa était impliquée, et il ne voulait surtout pas que d'autres humiliations viennent s'ajouter à celles qu'il lui avait déjà fait subir.

Il lui fallait donc agir. Or un bal organisé pour une œuvre de bienfaisance n'était pas le cadre idéal pour des négociations. Il décida donc de prendre sur lui et de ne pas insulter son père. Ce en quoi la main d'Alyssa, posée sur son bras, l'aida considérablement.

— Calme-toi, surtout ne rentre pas dans son jeu, lui murmura-t-elle.

Elle avait raison. Son père était le spécialiste des petites piques, son but étant de pousser les gens à bout. Ça ne ratait jamais. Comme il aurait aimé pouvoir couper les ponts avec le seul point faible qui lui restait ! Mais impossible d'exorciser ce fantôme du passé.

Mitch et Vance finirent par entraîner son père un peu plus loin. Il regarda les trois hommes disparaître dans la foule, et prit alors seulement conscience qu'il avait les poings serrés.

Dans un état second, il raccompagna Alyssa jusqu'à sa voiture et la ramena sur La Nouvelle-Orléans. Il conduisait brusquement, encore en proie à la frustration qu'il n'avait pu évacuer.

Alyssa gardait le silence, ce qui accentuait sa colère et son sentiment de culpabilité. Il aurait de loin préféré qu'elle pique une crise, elle en avait le droit !

— Bordel de merde ! jura-t-il au bout d'un moment, incapable de se contenir plus longtemps.

Alyssa le regarda, ses yeux brillant dans le noir.

— Tu penses vraiment qu'il a des photos ?

Il lui jeta un coup d'œil, prêt à lui mentir tant la vérité lui coûtait, mais un mensonge n'arrangerait rien.

— Oui. Il est membre de cette société depuis longtemps. Il y était, c'est sûr. Ou il avait envoyé quelqu'un de confiance me surveiller. Je suis vraiment désolé, Alyssa.

Il la vit hausser ses belles épaules. Elle remua sur son siège, et le frottement de sa robe contre le cuir de la banquette le fit frémir. Il aurait voulu la serrer contre lui et la protéger, pour que rien ni personne ne lui fasse plus jamais de mal.

Mais comment aurait-il pu ? Cette histoire de photos, c'était sa faute ! D'accord, il ne les avait pas prises lui-même, mais c'était bien lui qui l'avait mise dans une position où elle était vulnérable.

Il s'était pourtant renseigné : il savait que l'endroit était placé sous surveillance, mais il avait pensé le balcon relativement sûr. Il s'était même positionné de manière à faire écran de son corps. Apparemment, cela n'avait servi à rien.

Il se rassura en se disant que l'expérience avait plu à Alyssa… Mais à quel prix ?

Il fallait qu'il la sorte de là. Et peu importe ce que ça lui coûtait.

Alyssa soupira et tourna la tête pour regarder le paysage par la vitre. A la voir si pensive, il se rappela la jeune fille brisée qu'elle lui avait laissé entrevoir la veille, quand elle s'était confiée à lui.

— On va où ? finit-elle par demander.

— Chez moi.

Elle se tourna vers lui. Ses yeux luisaient dans l'ombre de l'habitacle, et son regard scrutateur l'étudia attentivement. Un peu plus et il aurait pu voir tourner les rouages de son cerveau. Quel dommage qu'il n'ait pas d'accès direct à ses pensées ! Tant d'intelligence l'intriguait. Quant à sa solitude et à sa réserve, elles ne l'effrayaient plus : depuis le bal, il savait qu'il leur suffisait d'un rien pour se transformer en une passion ardente.

Il était prêt à tout pour gagner ses faveurs. Elle lui donnait des envies de se pavaner, de se frapper la poitrine comme un gorille, de lui caresser gentiment la joue, là où la peau était si douce… Rien que d'y penser, il se sentit paniquer et succomber à une folie dévorante.

Il se força à se ressaisir, resserrant les doigts autour du volant gainé de cuir, et attendit qu'elle lui demande de la déposer autre part.

A sa grande surprise, elle finit par hocher la tête et par tourner de nouveau son regard vers la ville qui défilait derrière la vitre.

Il aurait dû en être soulagé, mais il sentait le bruit du moteur résonner en lui, ce qui accentua son angoisse.

Quand ils arrivèrent chez lui, il avait atteint un état de non-retour, impatient de se retrouver seul à seule avec elle, qu'il puisse enfin la faire sienne.

Il la guida jusqu'à l'ascenseur et la fit entrer dans son appartement. Les talons aiguilles qu'elle portait claquaient sur le sol avec un bruit sec, lui donnant l'impression qu'on leur tirait dessus à chaque pas qu'elle faisait.

Il avait largement de quoi se payer une vieille maison chargée d'histoire. Ou même un bâtiment rénové du quartier français. Mais il avait préféré les lignes pures, la sobriété et le magnifique panorama que lui offrait son logement actuel.

Par la baie vitrée, on voyait clignoter les lumières d'un pont. Les étoiles se reflétaient sur la surface transparente du fleuve. Le clair de lune baignait Alyssa d'une douce lumière. Et lui, il était complètement sous le charme !

Les mains dans les poches — sans ça, il avait peur de se laisser aller à la toucher, or il ne voulait rien lui imposer —, il essaya de faire comme si de rien n'était quand elle se rapprocha de lui, alors qu'à sa moindre inspiration il ressentait des décharges jusque dans le bas-ventre. Il voulait entendre sa respiration s'accélérer. Voulait l'entendre crier son nom à gorge déployée.

Il sentit que la température montait, que l'air autour d'eux devenait étouffant tant leur désir était fort. Etourdi par cette chaleur soudaine, il vit que sa peau à elle se couvrait de rosée. Même à La Nouvelle-Orléans, les étés n'étaient pas si brutaux.

Debout l'un à côté de l'autre, ils forçaient leurs poumons récalcitrants à respirer cet air lourd.

Les yeux vert pâle d'Alyssa croisèrent les siens dans le reflet de la vitre. Il vit qu'elle luttait de toutes ses forces contre un désir envahissant, et sut qu'elle avait lu dans son regard le même désir, la même lutte. Il la vit se mordre les lèvres, ses dents blanches brillant d'un éclat surnaturel. Il ne rêvait que d'une chose : l'embrasser.

Comme si elle lisait dans ses pensées, elle entrouvrit la bouche. Cette fois-ci, c'en était trop ! Il l'attrapa par les épaules et l'attira à lui.

— Si tu savais comme j'ai envie de te voir nue, Alyssa. Toute nue. La dernière fois, c'était tellement bon de te voir jouir, d'être en toi, et en même temps tellement frustrant de ne pas pouvoir te voir...

Seul un halètement lui répondit, suivi d'un gémissement sourd.

— Tu sais ce dont je rêve ? Je rêve de te voir allongée sur mon lit, détendue, soumise à mes caresses...

Il voulait que plus rien ne subsiste entre eux — ni vêtements, ni colère, ni travail, ni personne.

Ce soir, il la voulait pour lui tout seul.

Mais son imagination lui donnait du fil à retordre. D'un côté, il était impatient ; de l'autre, il voulait prendre son temps pour la déshabiller, lui enlever vêtement après vêtement, bref, rendre hommage à son corps, le plus beau cadeau qu'il lui ait jamais été donné de contempler.

Heureusement, elle le sauva de son dilemme. Elle le fit gentiment reculer d'un pas, puis ramena sa main à elle et la glissa dans son dos pour défaire la fermeture Eclair de sa robe. Il vit dans la vitre qui lui faisait face un triangle de peau dénudée grossir dans son dos.

La robe, que plus rien ne retenait, se mit à glisser le long de son corps, centimètre par centimètre. Pourquoi mettait-elle aussi longtemps ? Mais la gravité finit par l'emporter et elle se répandit à ses pieds en une flaque de satin doré, parfaitement accordée aux reflets de ses cheveux.

Sa lingerie, intégralement noire, était une tentation à elle toute seule. Depuis quand soutien-gorge et culotte couvraient-ils autant de peau ?

— La première chose que je fais demain, c'est t'acheter un string.

Alyssa éclata d'un rire joyeux, qui résonna en lui à l'infini.

Il n'en pouvait plus. Il essaya de la toucher, mais elle secoua la tête. Il eut peur qu'elle lui rejoue la scène du premier soir et le rejette une nouvelle fois, le laissant seul avec son désir tremblant.

Mais il se trompait. Ses doigts agiles lui promirent tout autre chose en défaisant sans plus attendre l'attache de son soutien-gorge. Quelle poitrine magnifique !

N'ayant jusque-là qu'entraperçu ses seins, il comprit qu'il était passé à côté de quelque chose. Ses tétons pointaient tellement qu'il n'avait qu'une envie, les soulager. Lui aussi avait d'ailleurs grand besoin qu'on le soulage.

— Superbe, murmura-t-il en se jetant sur elle, les lèvres tremblantes.

Son désir était plus fort que lui.

Alyssa gémit et s'adossa à la fenêtre. Un long soupir lui échappa. Elle se cambra sous la morsure du froid, et lui enfouit le visage dans la poitrine.

— Tu es si douce…, dit-il, avant de partir à l'assaut de ses seins, les mordillant, les léchant, les pétrissant.

Quand il la sentit se recroqueviller, il comprit à quel

point elle appréciait ses caresses. Elle avait enfoncé les doigts dans ses cheveux et ne le lâchait plus.

Il se sentit alors disparaître en elle. Jamais il ne se lasserait du goût de sa peau...

Soudain, elle le repoussa à bout de bras. Sous le choc, il remarqua néanmoins que, derrière ses paupières baissées, elle l'observait attentivement, et sentit aussi clairement que si elle le lui avait dit le désir et l'envie qu'elle avait de lui. Ils étaient l'un et l'autre dans le même état.

Reculant d'un pas, elle enleva sa culotte en la faisant lentement glisser le long de ses jambes. Le petit morceau de satin tomba à ses pieds sans que la position de son corps lui permette de bien voir.

Il eut l'envie soudaine de la soulever de terre et de la presser contre la vitre, afin d'embrasser d'un seul regard son corps magnifique et la ville qu'il aimait tant. Mais sous le poids de son regard, qu'elle promenait nonchalamment sur tout son corps, il se sentit comme pétrifié.

Enfin, elle le regarda dans les yeux. Et se détourna de lui d'un mouvement souple du bassin. Qu'elle était belle ! Il fallait qu'il la touche.

Alyssa tendit les bras vers la ceinture de Beckett, dans l'idée de le déshabiller aussi vite que possible. Mais il ne lui en laissa pas le temps.

Il la prit dans ses bras, la souleva de terre et la serra contre lui en un seul mouvement fluide. Elle en eut le souffle coupé, et poussa un petit cri de douleur quand ses tétons gonflés frottèrent contre le tissu de sa chemise.

Mais plus rien ne pouvait arrêter Beckett. Il la couvrait de baisers, sur le cou, les épaules, les côtes, les hanches.

Ses doigts aussi étaient partout, jouant avec sa peau, la chatouillant, la caressant, l'excitant.

Elle sentit qu'il pressait sa cuisse entre les siennes, l'invitant à s'ouvrir à lui.

Elle essaya bien de garder le contrôle, sur lui, sur elle, mais sans grand succès. Comment aurait-elle pu ? Elle était prise sous le feu de son regard intense. Une fois de plus, Beckett la dévorait de la tête aux pieds et, une fois de plus, elle avait l'impression d'être tout ce qui comptait au monde pour lui. Si ça continuait comme ça, ils n'auraient pas assez d'une nuit…

Elle fut secouée d'un délicieux frisson.

Quand il lui prit les mains, les posa sur ses épaules, et tomba à genoux à ses pieds, elle ne bougea pas. Seul un petit bruit de surprise lui échappa quand elle comprit où il voulait en venir, et son corps se mit à trembler. Elle attendait ce moment-là depuis si longtemps !

Comment s'en sortirait-il, avec ses lèvres et sa langue étonnamment douées ? Quel plaisir arriverait-il à lui donner ? Elle piétina nerveusement, adoptant sans en avoir conscience la position idéale pour ce qui allait suivre. Elle avait tellement hâte ! Avait tellement rêvé de ce moment…

Elle raffermit sa prise sur ses épaules. Il s'apprêtait à lui donner quelque chose de bien plus intime qu'une pénétration. A la mettre à découvert comme elle ne l'avait jamais été, même quand elle s'était déshabillée devant lui, même quand ils avaient fait l'amour dans une salle bondée.

Beckett Kayne à genoux devant elle… Fut un temps, cette position aurait été suivie d'un bon coup de genou dans le nez. Mais, ce soir, elle ne voulait qu'une chose, qu'il la touche.

Il écarta les plis de son sexe gonflé de désir et commença à la caresser. Il aurait été vain de vouloir dissimuler l'envie qu'elle avait de lui. A quoi bon ? Elle voulait tout lui montrer, ne plus rien cacher dans le secret de son cœur.

Il rapprocha alors ses lèvres de son sexe et expira profondément. La caresse de ce souffle faillit la faire tomber à la renverse.

Il chancela lui aussi, puis raffermit sa prise sur ses cuisses, écarta davantage ses longs doigts afin de leur donner la stabilité dont tous deux manquaient. Elle frissonna en le sentant déposer des baisers à l'intérieur de ses cuisses. Au moment où sa langue s'immisçait dans le pli de l'aine, elle l'entendit murmurer :

— Tout simplement divin…

Il continua à la travailler au corps, sans jamais lui donner la satisfaction de la toucher là où elle le voulait. Sa langue donnait l'impression de s'approcher de son clitoris et de l'entrée de son vagin uniquement pour mieux battre en retraite.

Elle n'aurait su dire combien de temps ce petit jeu dura, absorbée qu'elle était par son plaisir. Sa conscience l'avait quittée, et le temps n'avait plus cours. Son clitoris la lançait. Son sexe se contractait en une supplication muette. Beckett pouvait bien y mettre la langue, les doigts, la pénétrer même, elle n'était plus à ça près !

Elle n'attendait qu'une chose : qu'il la soulage.

De désespoir, elle tira sur ses cheveux, l'exhortant à lui donner ce dont elle avait besoin. Il finit par avoir pitié d'elle, et enfouit sa langue en elle. Elle poussa aussitôt un cri de gratitude. S'ensuivirent de longues minutes où il lapa à sa source, la lécha, la mordilla toujours plus profondément, toujours plus habilement.

Eperdue de plaisir, elle ne tenait plus ni sa tête ni ses épaules, qui brinquebalaient contre la vitre derrière elle. Ses jambes tremblaient, incapables de la soutenir. Mais elle ne tomba pas. Les puissantes mains de Beckett étaient là pour l'en empêcher.

Elle n'arrivait plus à respirer correctement, mais un autre besoin l'occupait tout entière, qui prenait le pas sur ses fonctions respiratoires. Elle sentait aller et venir sa tête contre la vitre froide. Ses hanches semblaient animées d'une vie propre et se repositionnaient à chaque mouvement de Beckett, à la recherche de ce contact qui déclencherait l'orgasme et mettrait un terme à la tension qu'elle sentait s'accumuler dans son corps.

Enfin, les doigts de Beckett se faufilèrent jusqu'à son clitoris. Elle en pleura de joie. Le rythme s'accéléra, doigts, langue et lèvres l'entraînant toujours plus près du gouffre…

Soudain, ses cuisses furent saisies d'un tremblement convulsif. Elle se pencha en avant et, au moment où elle sentit le plaisir déferler en elle, cria le nom de Beckett. Mais il en fallait plus pour qu'il s'arrête. Il continua ses caresses, manifestement résolu à ce qu'elle se donne entièrement à lui.

Elle n'avait jamais rien ressenti de comparable. Sa vie semblait s'être réduite à un espace grand comme une tête d'épingle, dans lequel seuls Beckett et elle tenaient. Personne d'autre n'existait. Rien… Elle n'entendait plus que ses propres halètements. Ne ressentait plus que le plaisir qu'il lui donnait. Ne percevait plus que ses doigts, qui la serraient comme si elle était un trésor.

Il se mit alors à caresser gentiment son corps à vif, comme pour l'apaiser. Il se remit debout et la prit dans ses bras. Elle se laissa aller contre sa poitrine, ses muscles sans force ne lui permettant guère plus.

Elle était couverte d'une mince pellicule de sueur. Ses paupières pesaient lourd, si lourd qu'elle avait du mal à garder les yeux ouverts. Pourtant, malgré sa transe, elle ne quittait pas des yeux la bouche et la gorge de Beckett. Elle se serra contre lui et déposa un baiser au creux de son cou, goûtant par la même occasion à sa chaleur, au sel et au goût piquant de sa peau, se repaissant de son odeur virile. Elle voulait plus que ça. Lécher son sexe long et dur. Le sucer.

Comme s'il lisait dans ses pensées, il lui jeta un regard étincelant. Elle sentit sa poitrine vibrer d'un gémissement qu'elle maîtrisa à grand-peine et se trouva de nouveau tremblante de désir.

— Je suis loin d'en avoir fini avec toi, Alyssa, la prévint-il.

Chapitre 11

Le corps d'Alyssa vibrait encore sous l'intensité de l'orgasme qui venait de la terrasser. Beckett était décidément très habile de ses doigts… et du reste.

D'accord, il lui avait donné du plaisir. Beaucoup même. Mais, maintenant qu'elle sentait son désir — provisoirement — assouvi, elle n'aspirait plus qu'à une chose : pouvoir jouir de son corps tout comme il avait joui du sien.

Elle se mit à fantasmer, l'imagina s'abandonnant entre ses bras au plaisir qu'elle lui procurait…

Mais il avait visiblement d'autres choses en tête. Il la poussa vers une chambre et l'allongea sur le lit sans prendre le temps d'allumer la lumière. Comme si elle allait se laisser faire ! Elle se redressa aussitôt, se mit à genoux, et alluma la lampe de chevet. La chambre s'illumina, révélant une décoration d'intérieur assez surprenante.

En lieu et place de mobilier moderne et de lignes épurées, d'imposants meubles en bois patinés par le temps ! Beckett Kayne était décidément un homme plein de surprises… Le dessus-de-lit à motifs noir et platine s'inscrivait dans les mêmes tons que le reste de la chambre. Des tableaux d'art abstrait étaient accrochés aux murs.

L'impression générale qui en résultait, solide, masculine,

s'accordait parfaitement avec l'homme qui la couvait des yeux depuis le pied du lit.

Elle se mit alors à ramper lentement vers sa proie. Elle avançait avec une détermination en tout point semblable à celle dont Beckett avait fait preuve pour la séduire. Ils étaient désormais tous les deux pris au même piège.

Arrivée à sa hauteur, elle défit habilement les boutons de sa chemise. Il s'était déjà débarrassé de sa cravate et de sa veste, et les boutons de ses poignets étaient défaits. Elle fit ensuite glisser la chemise à terre d'un rapide mouvement de la main.

Aussi étonnant que cela puisse paraître, car ils n'en étaient pas à leur première rencontre, c'était la première fois qu'elle le voyait nu. Elle avait bien tâté sa poitrine musclée, elle avait bien senti son sexe en elle, mais il lui restait encore tant à découvrir !

Elle n'attendit pas une seconde de plus.

— Superbe, murmura-t-elle en se penchant vers lui et en passant la langue sur sa clavicule et ses pectoraux bien dessinés.

Le léger duvet qui recouvrait son corps la picota. Le goût salé de sa peau lui inonda les papilles, un goût grisant, si délicieusement viril !

Elle sentit qu'il enfonçait les doigts dans sa peau, moins pour l'inciter à accélérer le mouvement que par réflexe. Elle saisit un de ses tétons entre ses dents et le mordilla, lui arrachant un grognement appréciateur. Quel bonheur !

Sa bouche désormais occupée, ses doigts entrèrent dans la danse. Elle l'attira à elle et caressa son érection à travers le tissu de son pantalon. Ce n'était que le début. Pour lui comme pour elle. Elle s'attaqua ensuite à sa ceinture, essayant de le libérer de son vêtement le plus rapidement possible, mais ses mains, tremblant du désir passionné qu'elle avait pour lui, la ralentissaient.

Tous deux poussèrent un soupir de soulagement quand le pantalon glissa enfin à terre. Alyssa sentit Beckett raffermir sa prise sur ses hanches. Elle devina qu'il avait envie de reprendre le contrôle et de l'emmener là où seuls comptaient leurs deux corps l'un contre l'autre et son sexe enfoui au plus profond d'elle.

Elle en rêvait autant que lui. Mais pas si vite.

Elle glissa la main dans son boxer et la resserra autour de son sexe. Elle essaya d'en mémoriser les moindres détails avant de le voir. La veine qu'elle sentait battre à l'unisson de son désir à elle. La peau lisse roulant sur le muscle puissant. La fine goutte au bout du gland, qu'elle s'empressa d'étaler sous ses doigts.

Il était plus que temps de le voir entièrement nu. Elle le débarrassa alors de son caleçon et le fit reculer. Elle s'aperçut qu'elle tremblait, mais pas de désir — et, pourtant, Dieu sait si elle le désirait ! Non, elle tremblait parce qu'elle venait de passer le point de non-retour. Elle était chez lui, agenouillée sur son lit, la main dans son caleçon… La situation était beaucoup plus réelle qu'elle ne l'avait jamais été. Le jeu était bel et bien terminé.

D'où sa peur… et son excitation.

Elle se pencha en arrière avec un sourire gourmand pour voir dans son intégralité ce beau corps d'athlète. La peau de Beckett semblait luire naturellement. Sa musculature était impeccable.

Un roc. Voilà ce qu'elle voyait quand elle le regardait.

Bon, elle avait bien profité de lui. A son tour de lui faire plaisir… Elle s'assit donc sur ses talons et l'attira à elle par les hanches, sans le quitter des yeux.

Quel goût aurait-il ? Tout à ses fantasmes, elle se lécha

les lèvres. Elle ne fut pas déçue. Son sexe se révéla chaud, dur, salé. Elle l'enfonça tout entier dans sa bouche. Elle sentit les fesses de Beckett se contracter sous ses mains, mais elle l'empêcha de bouger. Alors seulement, elle ferma les yeux, pour mieux profiter du moment. Elle se rassura en entendant Beckett grogner : la chose était à son goût.

Petit à petit, elle commença à mettre les dents, histoire de pimenter un peu les choses. Seigneur ! Comme elle aimait sentir la caresse de son sexe contre sa langue ! Comme elle aimait l'avoir dans sa bouche !

— Alyssa, j'en peux plus là…, murmura-t-il, en lui serrant les cheveux un peu plus fort.

Qu'est-ce que ça voulait dire ? Arrête ? Continue ? Si tu n'arrêtes pas, je ne réponds plus de rien ?

Elle voulait lui faire perdre la raison, voulait que, comme elle, il se laisse complètement aller. Mais Beckett Kayne n'était pas du genre à exposer ses faiblesses au premier venu. Son instinct lui soufflait qu'elle ne le verrait pas céder si facilement. Pas ce soir en tout cas.

Un jour, peut-être ?

Elle ne pouvait s'empêcher de se projeter. Elle savait pourtant bien que ça lui faisait du mal ! Il fallait qu'elle arrête. L'instant présent était largement suffisant.

Tout à ses pensées et au plaisir qu'elle sentait l'envahir, elle ne vit rien venir. Beckett se jeta sur elle et, en une fraction de seconde, elle se retrouva allongée sur le matelas, immobilisée sous le corps splendide de son partenaire.

La surprise lui coupa le souffle. Sa tête se mit à tourner, et elle eut besoin de quelques instants avant de revenir à elle. Beckett, lui, n'avait pas perdu de temps. Ses genoux appuyés sur ses cuisses, il n'attendait qu'un mot d'elle pour la pénétrer. Encore légèrement secouée, elle sentit son pénis effleurer son sexe gonflé de désir. Allez !

Elle chercha à accrocher son regard pour qu'il lise l'injonction qui brillait dans ses yeux.

Au moment où le contact se fit, ses poumons se vidèrent du peu d'air qu'ils abritaient encore. Beckett ne la regardait pas, il l'étudiait, comme s'il voulait fixer à jamais dans sa mémoire le moindre détail de son corps. Il la scrutait avec une telle intensité qu'elle sentit son âme mise à nu. Ses yeux brillaient d'une telle patience, d'un tel désir, d'une telle compréhension…

Elle lâcha enfin la seule réponse possible :

— S'il te plaît.

Il la pénétra alors, très lentement, si lentement qu'elle faillit en perdre la raison. Son corps s'assouplit pour lui rendre la tâche plus facile, puis frissonna, demandant déjà plus.

Quand il se mit à aller et venir en elle, elle se sentit gagnée par un immense soulagement. Mais la peur revenait à chaque fois qu'il se retirait. La torture était délicieuse, et loin d'être suffisante : elle voulait plus ! Le voir abandonné à sa jouissance. Le voir perdu en elle.

La tension monta ; l'orgasme approchait. Ses hanches contre les siennes, le frottement de leurs corps… Pas si vite ! Elle manqua s'évanouir de plaisir.

Quel art consommé de l'invasion intime !

— Oui…, souffla-t-elle en soulevant le buste, à la recherche d'un plaisir toujours plus grand.

Son corps, comme déchaîné, réclamait à Beckett ce que lui seul était en mesure de lui offrir. Mais il ne se laissa pas attendrir. Il lui refusait ce plaisir, alors qu'elle tremblait toute d'attente.

— Je t'en prie, je t'en prie…

— Bientôt, lui promit-il d'une voix douce et sensuelle qui excita davantage son désir.

Quand il posa ses lèvres brûlantes sur son sein et lui mordit le téton, elle poussa un cri de surprise et sentit qu'elle se resserrait autour de lui.

Il ne lui en faudrait pas beaucoup plus. L'orgasme était là, prêt à lui faire perdre conscience. Comme s'il avait deviné le cours de ses pensées, Beckett s'immobilisa et resta quelques instants enfoui au plus profond d'elle. La sensibilité d'Alyssa était telle qu'elle crut sentir son pénis battre d'un pouls rapide. Son sexe était comme une pelote de nerfs à vif.

Beckett se retira alors avant de la pénétrer de nouveau, lui donnant précisément ce qu'elle attendait. Il reprit son mouvement de va-et-vient et l'accéléra progressivement.

Malgré ses phalanges crispées, elle sentit qu'il joignait ses doigts aux siens. Sans s'en rendre compte, elle avait monté ses mains au-dessus de sa tête, et Beckett pesait lourdement dessus. Quand son souffle chaud l'enveloppa tout entière, elle manqua de nouveau défaillir. C'était trop.

Avec l'orgasme s'approchait l'obscurité ponctuée d'éclairs propre à cet état. Elle ne se rendit compte qu'elle avait les yeux fermés que lorsqu'elle entendit Beckett murmurer :

— Regarde-moi.

Ses paupières se soulevèrent instantanément. Il emplit son champ de vision. Elle ne voulait voir que lui. N'avoir que lui.

Il avait de si beaux yeux, des yeux qui trahissaient ce soir un désir aussi irrépressible que le sien, et brillaient comme un phare dans la tempête d'émotions qui la secouait. Elle se sentit soudain libérée de toutes ses angoisses. De sa peur d'être rejetée, de sa déception, de sa solitude. De ses doutes et de son insécurité aussi.

Beckett la désirait. Plus que tout. Il était déterminé, tenace, magnifique et attentionné. Face à ce mélange explosif de virilité, elle se sentait à tour de rôle furieuse, excitée et intriguée. Elle ne savait pas pourquoi, mais son désir apaisait en elle des blessures qu'elle avait essayé de dissimuler sous une feinte indifférence.

Ils n'en étaient pas à leurs premiers rapports, mais ce soir les choses étaient différentes. Comme si, tacitement, ils avaient décidé de mettre de côté leurs masques.

Avant même d'avoir eu le temps de réfléchir à la question, ce qui aurait pu la faire paniquer, elle sentit que son corps prenait le dessus. L'orgasme la surprit une fois de plus, avalant tout sur son passage. Elle s'entendit pousser un cri bizarre, étranglé. Sentit son corps se tendre comme un arc et convulser.

L'orgasme dura longtemps. Plusieurs secondes, plusieurs minutes, plusieurs heures ? Aucune idée. Mais quand elle se sentit redescendre, aussi légère qu'une plume, Beckett était toujours là. Il n'avait pas encore joui, était resté maître de lui tout du long. Quelle force mentale !

Elle lui sourit gentiment, lui caressa le dos de ses mains qui tremblaient encore. Elle imprima alors à ses fesses le mouvement qu'elles avaient interrompu. Beckett ne se le fit pas dire deux fois.

Qu'il ait voulu s'assurer de son plaisir à elle avant toute chose l'attendrissait. Ce n'était d'ailleurs pas la première fois. Alors qu'elle le contemplait, qu'elle dévorait du regard ce torse superbe et ce visage harmonieux, elle se dit qu'il y avait peut-être une autre raison à ça.

Il voulait lui donner plus. Il se retenait pour qu'à son tour elle puisse voir sur son visage l'émerveillement céder la place au plaisir et à la vulnérabilité la plus totale quand il jouirait. Il ne voulait pas être le seul à profiter d'un tel spectacle.

Elle le serra dans ses bras de toutes ses forces pour lui

exprimer sa reconnaissance. Cœur contre cœur. Elle avait l'impression qu'aussi longtemps qu'elle le regarderait dans les yeux le lien entre eux ne se briserait pas.

Elle le vit alors cligner rapidement des yeux, sans les fermer. Les traits tirés, il entrouvrit la bouche, mais se retint de gémir — elle aurait tellement aimé qu'il se laisse aller ! Il raffermit sa prise sur ses mains et pesa plus lourdement dessus.

Il accéléra le mouvement de ses hanches, de plus en plus vite, jusqu'à ce qu'il lâche tout. Alyssa le sentit partir et s'empressa de se resserrer autour de lui.

Il poussa un grognement étouffé, tandis que tout son corps se relâchait. Il s'écrasa à moitié sur elle. Quelques instants plus tard, elle sentit qu'il l'embrassait dans le cou. Elle en eut la chair de poule et remua le bassin, presque inconsciemment.

Beckett grogna de nouveau, plutôt amusé.

— Tu n'en as jamais assez, hein ? murmura-t-il.

Elle essaya de se dégager de lui, mais il l'en empêcha.

Elle le sentit alors durcir en elle, malgré l'orgasme incroyable qu'ils venaient d'éprouver.

Elle tendit le cou et l'embrassa sur le front, avant de le taquiner gentiment :

— Est-ce que l'hôpital ne serait pas en train de se moquer de la charité ?

Elle s'en voudrait peut-être demain de s'être montrée aussi vulnérable, mais tant pis. Ce soir, elle ne voulait pas y penser.

Dans un recoin éloigné de son cerveau, Beckett se dit qu'il aurait peut-être intérêt à mettre un peu de distance entre Alyssa et lui. Mais c'était impossible. Son corps si souple, sa peau si douce… Comment aurait-il pu ?

La nuit était bien avancée. Peut-être même que le matin arrivait. Ils avaient joui ensemble à de nombreuses reprises, se reposant ou grignotant un morceau quand ils en ressentaient le besoin. Elle avait sans doute besoin de dormir mais, maintenant qu'il l'avait dans son lit, c'était comme si son désir ne tarissait pas.

Il n'avait plus aucun contrôle sur lui-même.

Ce qui aurait dû l'inquiéter. N'avait-il pas toujours été un solitaire ? Pourquoi s'était-il ouvert à quelqu'un comme elle ? Elle était aussi blessée et instable que lui… Ses regrets arrivaient un peu tard, cependant.

D'autant qu'il ne regrettait rien. Oh que non !

Il regarda le corps d'Alyssa enroulé autour du sien et poussa un soupir d'aise.

Il repensa alors à ce que son père leur avait dit, la veille. Au simple souvenir de ce qu'il avait fait et de l'image qu'il se faisait d'Alyssa, il s'échauffa.

Il avait promis à Alyssa que rien ne lui arriverait pendant les Bacchanales. Il l'avait poussée en dehors de sa zone de confort parce qu'il savait qu'elle apprécierait l'expérience.

Et il était furieux. Furieux que quelqu'un — son propre père — ait profité de sa vulnérabilité.

Il avait voulu prendre soin d'elle, elle était sous sa responsabilité. Mais il avait échoué.

Il laissa échapper un soupir de frustration. Il essaya de s'extraire le plus doucement possible de son étreinte pour ne pas la réveiller… Une main le retint.

— Parle-moi, murmura Alyssa d'une voix endormie.

Elle souleva la tête et la posa sur ses bras repliés, puis le fixa de ses yeux calmes encore gonflés de sommeil. Il sentit alors une vive douleur lui transpercer la poitrine. Il regarda ses cheveux ébouriffés, qui faisaient comme un halo brun-blond autour de sa tête. Regarda sa peau toute rose, le pli que les draps avaient laissé sur sa joue.

Il l'embrassa rapidement sur la bouche en murmurant :

— Adorable…

Il la serra dans ses bras et prit un plaisir particulier à ce qu'elle se blottisse tout contre lui, posant sa tête sur son épaule. Il n'était pas idiot : il savait très bien qu'ils avaient de nombreux problèmes à régler. Mais pas cette nuit.

Elle fit courir ses doigts sur sa peau, dessinant des motifs abstraits. Son désir, toujours présent, était comme mis en sourdine, et attendait un geste plus franc de sa part pour le consumer de nouveau. Ce qui ne manquerait pas d'arriver. Ils pouvaient faire l'amour toute la nuit, ils ne s'en lasseraient jamais.

Il voulait plus d'elle. En voudrait toujours plus. Ce qu'il la désirait ! Il avait l'impression qu'il ne serait jamais rassasié de son corps.

Ce qui ne signifiait pas qu'il n'appréciait pas le moment présent. Il enroula les doigts dans ses cheveux fins et soyeux, et joua avec une mèche.

— Tu pensais à quoi ?

Il fit la grimace. Son regard se dirigea vers le mur qui lui faisait face, mais resta dans le vide.

— A mon père.

Aussitôt, il regretta d'avoir été aussi direct. Il sentit un frisson la parcourir. Pour se faire pardonner, il entreprit de lui masser la nuque.

— Je suis désolée, je crois que je n'aime pas beaucoup ton père.

Il lâcha quelque chose qui ressemblait de très loin à un rire.

— Pas de souci. Je ne l'aime pas beaucoup moi-même !

Les doigts d'Alyssa interrompirent leur caresse un bref instant.

— Je suis désolée.

— Tu n'y es pour rien.

— Non, mais je sais à quel point ça peut être douloureux. Crois-moi.

Il entendit l'amertume dans sa voix et enragea que quelque chose ait pu la marquer à ce point. Il aurait voulu pouvoir effacer les souvenirs douloureux que la situation avait dû réveiller. Hélas, il savait mieux que quiconque que rien ne pouvait effacer d'anciennes déceptions.

— Il pourrait ruiner notre réputation.

— Oui, mais ça lui coûterait beaucoup, alors il a tout intérêt à ne rien faire. Le bal des Bacchanales est un événement très respecté, entre autres parce que ses organisateurs ont à cœur de protéger la vie privée de leurs invités. Si mon père rend ces photos publiques, il se fera évincer. Or il est membre de l'association depuis presque trente ans, et je doute qu'il veuille en prendre le risque pour le simple plaisir de m'emmerder. Parce que c'est la seule raison pour laquelle il a fait prendre ces photos. Ça n'a rien à voir avec toi.

Elle tourna la tête vers lui de manière à pouvoir le regarder dans les yeux.

— C'est horrible !

Il haussa les épaules.

— C'est la vie.

Il était convaincu que son père ne ferait rien des photos en question, mais il aurait aimé qu'elles disparaissent. Leur simple existence constituait une menace pour Alyssa. Ce qu'il ne pouvait accepter.

— Qu'est-ce qui s'est passé ?

— Qu'est-ce que tu veux dire ?

— Entre vous deux… Tout le monde sait qu'il t'a mis dehors, mais est-ce que vous ne vous êtes jamais entendus ou est-ce qu'il y a eu un élément déclencheur ?

Il laissa sa tête s'enfoncer dans l'oreiller et regarda le plafond. Il n'avait pas de réponse simple à lui donner. A n'importe qui d'autre, il aurait répondu de manière évasive — il n'en était pas à un mensonge près.

Mais il voulait qu'Alyssa sache. Il voulait qu'elle comprenne.

Peut-être parce que la faible lumière grise qui filtrait à travers les rideaux menaçait d'un instant à l'autre de détruire le confortable cocon qu'ils s'étaient créé. Ou parce que c'était la première fois qu'il se sentait autant en phase avec quelqu'un.

— Il n'a jamais été le père idéal, celui qui joue avec ses enfants en rentrant du travail. Je ne suis même pas sûr qu'il soit rentré une seule fois à temps pour me voir avant que je sois couché. Il a toujours su ce qu'il voulait.

Il lui jeta un coup d'œil et essaya de refréner le sourire méprisant qu'il sentait monter. En vain.

Alyssa lui passa gentiment un doigt sur les lèvres avant de souffler :

— Ça me rappelle quelqu'un…

Son sourire sarcastique enleva à ses mots leur mordant. Touché par sa plaisanterie, il sentit une douce chaleur se répandre dans sa poitrine.

— Je ne vois pas ce que tu veux dire…

Les yeux d'Alyssa brillèrent de malice. Glissant la main sous sa nuque, il l'attira à lui et l'embrassa sur la bouche. Il allait avoir besoin de contact physique s'il voulait lui dire tout ce qu'il avait sur le cœur.

Ils étaient tous les deux à bout de souffle quand leur baiser prit fin. Alyssa se pelotonna de nouveau contre lui.

Il avait toujours son menton dans la main, et lui caressa la joue de son pouce.

— Mon père sait ce qu'il veut, mais ne pense jamais qu'à lui. C'est une obsession. Il est parti de très loin. Sa famille a tout perdu lors de la Grande Dépression et, dans son enfance, il n'a jamais entendu que des histoires du temps où ils vivaient dans l'abondance. Des histoires qui lui ont mis des étoiles dans les yeux et lui ont appris à vénérer l'argent. Il a donc séduit ma mère pour sa richesse, et non parce qu'il l'aimait. Il l'a mise enceinte et s'est imposé à sa famille.

Il fronça les sourcils, tout en continuant à caresser l'élégante courbe de ceux d'Alyssa.

— C'est pour ça que la remarque de ton ami sur la fortune de mon père t'a énervé, il y a douze ans ?

Il fit oui de la tête. Il ne se souvenait plus précisément de cette fameuse soirée où il l'avait rejetée, il y en avait eu tellement ! Des soirées où Mason, Campbell ou un autre de ses amis lui présentaient des jeunes filles issues de riches familles comme solution à tous ses problèmes.

Bien sûr qu'il avait été tenté. Qui ne l'aurait pas été ? Mais il n'avait jamais voulu reproduire le modèle paternel. Il l'estimait trop peu. Et valait mieux que ça.

Ou plutôt il voulait valoir mieux que ça !

Tout à coup, Alyssa lui saisit le visage entre les mains et l'embrassa passionnément.

— Merci, murmura-t-elle.

— De quoi ?

— D'être toi.

Il éclata d'un rire plus dur qu'il ne s'y attendait.

Il n'était pas à l'aise avec la confiance totale qu'elle semblait avoir en son intégrité. Il était loin d'être un saint et avait fait beaucoup de choix qu'il regrettait aujourd'hui. Mais son regard tendre et doux lui donnait envie de s'amender.

— Mon père ne cachait pas ses infidélités. Je ne sais même pas si ma mère en souffrait, elle est morte avant que je sois en âge de comprendre.

Alyssa changea de position, se hissant à califourchon sur lui. Leurs sexes étaient en contact, mais elle ne fit rien pour qu'il la pénètre. Elle resta assise sur lui et l'observa. Attendit. Se rendit disponible.

Enfin... Ça faisait longtemps que personne ne l'avait écouté avec autant d'attention !

Il lui saisit les hanches et la maintint là où elle se trouvait, profitant de sa chaleur.

— La plupart du temps, il m'ignorait. J'essayais de ne pas m'en faire, mais ça me touchait quand même. Mon adolescence a été compliquée. J'étais à Colinwood, et j'ai failli ne pas avoir mon bac. Je n'en avais rien à faire, en réalité. Tout ce qui m'importait, c'était de me faire plaisir. Je me disais que mon connard de père aurait bien assez d'argent pour me faire entrer dans n'importe quelle université. C'était la moindre des choses, étant donné que tout ce qui comptait pour lui, c'était de gagner toujours plus d'argent. A défaut d'autre d'attention, il allait au moins me donner ça.

Il prit conscience de ce qu'il était en train de dire et se trouva pathétique. Il regarda Alyssa dans les yeux. Il n'y lut aucune pitié, mais une empathie qui lui brisa le cœur.

Comme si elle le comprenait précisément.

— J'étais vraiment loin du compte... Cela dit, c'est une des erreurs que je regrette le moins. Le jour de mes dix-huit ans, il est rentré vers l'heure du déjeuner.

A ce souvenir accablant, il ferma les yeux. Cela faisait des années qu'il n'avait pas pensé à ce jour maudit. Qu'il avait refusé d'y consacrer ne serait-ce que quelques minutes de son précieux temps. Mais les vannes étaient ouvertes…

— J'étais si naïf à l'époque que, pendant cinq minutes, j'ai cru qu'il était rentré plus tôt pour mon anniversaire et j'ai été le plus heureux des hommes. J'aurais dû me douter que ça ne pouvait pas être ça, mais j'espérais tellement…

Un son étranglé le fit taire. Il rouvrit les yeux et trouva Alyssa la main sur la bouche, les yeux brillants de larmes.

La pauvre… Le pire était encore à venir !

Mais il eut d'abord envie de la consoler. C'était lui qui se mettait à nu en lui racontant le pire jour de sa vie, et elle qui pleurait. Pour lui.

Il ne méritait pourtant pas ses larmes.

Il s'assit et la prit dans ses bras. Quand il sentit son sexe, humide, glisser sur le sien, il sut qu'elle ressentait autre chose que de l'empathie pour lui.

Elle se cambra et appuya son sexe contre le sien, lui donnant la permission qu'il attendait. Il sentit alors qu'elle s'ouvrait à lui et l'accueillait en elle avec un plaisir non dissimulé. Elle soupira d'aise et enroula les doigts autour de sa nuque, le serrant fort contre elle.

La frénésie de leurs premiers ébats les avait désertés. Ils jouissaient du lien tranquille, agréable, qui s'était installé entre eux. Il se sentait bien. Alyssa était la femme qu'il lui fallait. Il avait l'impression qu'elle avait toujours été là, attendant de devenir partie intégrante de sa vie.

Profondément enfoui en elle, il la serrait contre lui sans rien faire d'autre. Il avait besoin de sa force et de sa compassion, de sa détermination aussi. Son aura, un mélange d'énergie pure et d'excitation, lui faisait du bien.

— Il m'a jeté à la porte. M'a dit que j'avais dix-huit ans, que c'était à moi désormais de me débrouiller. Qu'il ne me donnerait plus rien. Je me suis retrouvé à la rue. Les premières semaines, j'ai squatté chez des amis, mais je ne pouvais pas faire ça toute ma vie.

A ces mots, Alyssa finit par verser les larmes qu'elle avait retenues jusque-là. Elles coulèrent avec une lenteur infinie le long de ses joues. Il se pencha sur son visage et les embrassa avant qu'elles ne tombent.

— Au bout de quelques semaines, j'ai trouvé un travail dans une boîte de nuit grâce à ma fausse carte d'identité. J'y avais passé tellement de temps que c'était comme mon nouveau chez-moi, et Dieu sait combien j'en avais besoin ! Je me suis mis à travailler comme un fou. On m'a confié de plus en plus de responsabilités. Pendant ce temps, j'ai mis de côté tout ce que je pouvais. Quatre ans plus tard, j'ai acheté l'entrepôt dans lequel est aujourd'hui installée A découvert. Il était en ruine, il fallait tout refaire, mais au moins il ne m'a pas coûté trop cher. Les six mois qui ont suivi, j'y ai passé tout mon temps libre. Je me suis aussi acheté les permis qu'il fallait et la licence de débit de boissons. A vingt-deux ans, j'avais monté ma boîte. Je pensais que mon père en serait impressionné. Mais il s'est moqué de moi quand il a appris d'où venait mon argent.

— C'est vrai qu'extorquer à ta mère l'argent dont elle avait hérité était beaucoup mieux !

— On est d'accord. Mais la mémoire lui fait souvent défaut quand il s'agit de ses propres débuts — pratique, non ?

Il aurait pu continuer pendant des heures, mais il avait rouvert assez de plaies pour l'instant.

Alyssa n'avait pas besoin de tout savoir. Il avait connu beaucoup trop d'humiliations. Notamment trois ans plus tard, alors qu'A découvert risquait de couler. Il était allé trouver son père pour lui demander un prêt, et ce salaud lui avait ri au nez.

Le simple souvenir de cette humiliation suffisait encore à le couvrir de sueur.

Mais il avait survécu. Avait emprunté à quelqu'un d'autre. Avait même prospéré, et ouvert d'autres boîtes de nuit. Aujourd'hui, il voulait s'implanter à l'étranger. A l'idée qu'il allait bientôt pouvoir étaler son succès à la face de son père, il sourit intérieurement.

Il serra Alyssa plus fort contre lui. Cette femme belle et séduisante faisait partie de sa vie. Une femme qui était son égale aussi bien au lit que dans une salle de réunion.

Ignorant qu'il pensait désormais à tout autre chose, Alyssa se mit à l'embrasser partout sur le visage, comme pour le consoler. Joues, menton, nez, paupières, tout y passa. Elle finit par trouver sa bouche, et l'intensité qu'elle mit dans son baiser le terrassa.

Bientôt, il ne pensa plus qu'à elle.

Que sa chaleur était agréable ! Quel réconfort son corps lui offrait-il ! La moindre de ses réactions était un plaisir. Il répondit fougueusement à son baiser, et la sentit frissonner et se resserrer autour de lui.

Elle remua, cherchant à ce qu'il la pénètre plus profondément. Comme pour consolider le lien entre eux. Il ne voulait rien tant que ça.

Il l'allongea sur le dos sans desserrer son étreinte, sans se retirer. Leurs bouches se séparèrent.

Soudain, il la vit froncer des sourcils.

— Beckett, pour l'application…

Il la coupa aussitôt d'un baiser ardent. Elle poussa un gémissement étouffé.

Il souffla alors doucement, tout contre sa bouche :

— Pas de ça. Pas ce soir. Je ne veux rien entre nous, Alyssa. Rien.

Chapitre 12

Beckett aurait de loin préféré rester au lit avec Alyssa. Elle lui avait paru si tranquille, si sensuelle dans son sommeil. Ça avait été un tel plaisir de se réveiller à ses côtés…

Mais elle s'était tellement donnée à lui durant la nuit dans son souci de le réconforter qu'il ne voyait pas comment faire l'économie d'une confrontation avec son père… Et pourtant, Dieu savait combien la chose lui coûtait ! Et tout ça pour des photos.

Une fois sa décision prise, il n'avait plus pensé qu'à ça. Il avait hâte que ce soit fait.

La nuit avait été longue et fatigante, et il ne voulait pas priver Alyssa des quelques heures de sommeil qu'il lui restait. Elle en avait besoin. Surtout au vu des nuits à venir. Il la laissa donc dormir.

Ses confidences de la veille l'avaient laissé agité. Il n'avait pas beaucoup de très bons souvenirs d'enfance, simplement quelques Noëls, des anniversaires ou des après-midi barbecue particulièrement joyeux… La mort de sa mère avait marqué la fin de ces petites bulles de bonheur que la plupart des enfants ont en mémoire. Mais il associait néanmoins à la maison de son enfance une forme de douceur. Se souvenait confusément de sa mère l'embrassant sur le front. Le berçant. Chantant d'une voix claire. Il se remémorait la chaleur, l'amour et le confort qui y régnaient.

Malheureusement, ça ne faisait pas le poids contre les mauvais souvenirs.

Il sortit de sa voiture et sonna. Ça faisait quatorze ans qu'il n'avait pas mis les pieds chez son père.

Un serviteur lui ouvrit et l'invita à le suivre.

— M. Kayne vous attendait.

Sans blague ? Il savait qu'il faisait le jeu de son père. Ce n'était pas pour rien que le manipulateur qu'il était lui avait révélé cette histoire de photos au beau milieu d'une soirée rassemblant toute la bonne société néo-orléanaise. Il voulait que tous voient qu'il était sa marionnette. Si Alyssa n'avait pas été impliquée, il n'aurait jamais pris à l'hameçon. Il se serait même fait un plaisir de contrarier les plans paternels.

Mais Alyssa était impliquée.

L'homme qui lui avait ouvert lui fit traverser le hall et l'emmena au bureau de son père. Beckett l'aurait trouvé les yeux fermés, mais qu'importe. Il ne voulait pas que l'employé perde son travail à cause de lui. Or il savait que son père renverrait quiconque ayant laissé un visiteur — son propre fils y compris — s'aventurer seul dans sa demeure.

Ils arrivèrent au moment où ce dernier serrait la main à un autre visiteur.

Beckett eut besoin de quelques instants pour le reconnaître. Il l'avait vu la veille au soir, avec l'associé d'Alyssa. C'était Dornigan qui le lui avait présenté : un certain Vance Eaton. Il avait cru comprendre qu'il s'agissait d'un associé de V & D. Qu'est-ce qu'il pouvait bien faire chez son père ?

Il fut saisi d'un frisson de mauvais augure. Ses épaules

se crispèrent comme pour mieux résister à une menace qui n'avait pas encore pris forme.

— Ah, Beckett ! Je ne pensais pas te voir avant cet après-midi. Tu n'as pas bien dormi ? l'interpella son père avec un regard méchant qui lui fit serrer les poings de rage.

Mais il refusa de réagir. Affectant l'indifférence la plus totale, il souleva à peine un sourcil. Il voulait lui montrer que ses insinuations ne le touchaient pas.

A en juger par la soudaine crispation du sourire de l'intéressé, il avait marqué un point.

Son père se détourna et s'adressa à l'autre homme.

— Je suis navré que nous nous soyons rencontrés dans de telles circonstances, Eaton. Mais je suis sûr que notre collaboration sera fructueuse. Le hasard fait bien les choses : je n'ai jamais à chercher bien loin quand j'ai besoin de quelque chose ou de quelqu'un.

Beckett avait pratiqué son père pendant des années, et connaissait la moindre de ses expressions. Il sut aussitôt qu'il mentait. Il voulait donner à Eaton l'impression qu'il était un riche homme d'affaires au carnet d'adresses bien fourni, mais il était à parier qu'il n'attendrait pas le lendemain pour filtrer ses appels.

Il avait eu ce qu'il voulait de lui, il pouvait donc le jeter.

Jadis, lui aussi avait été congédié sans autre forme de procès. C'était peut-être pour ça qu'il se sentit mal vis-à-vis d'Eaton. D'autant que celui-ci n'avait pas hésité à défendre Alyssa contre ses attaques, la veille au soir.

Mais alors, que faisait-il dans le bureau de son père ce matin ? Il n'aimait pas ça. Il n'avait pas confiance en son père et, par extension, pas confiance en Vance Eaton.

Eaton lui sourit rapidement avant de disparaître dans le hall.

Avec un geste plein de noblesse, son père lui fit alors signe de le suivre à l'intérieur de la pièce que Beckett détestait. Il se souvenait d'avoir passé des heures assis droit comme un i devant le grand plateau de bois du bureau, sculpté à la main. L'endroit était prétentieux, chaque élément se voulant un témoignage du pouvoir de son propriétaire.

Luttant pour ne pas afficher un sourire méprisant, il s'affala sur le canapé en cuir souple qui trônait à un bout de la pièce. Il ne voulait pas que son père ait la moindre chance de prendre position derrière son bureau gigantesque.

Le cher homme allait devoir faire sans ses ressorts habituels d'intimidation.

Il le vit plisser des yeux et sut qu'il l'avait agacé. Son père se résigna alors à s'asseoir dans le fauteuil de cuir qui faisait face au canapé.

Beckett entra aussitôt dans le vif du sujet :

— Qu'est-ce que tu veux en échange des photos ?

Au moins, son père ne fit-il pas semblant de ne pas comprendre.

— Je ne veux rien qui soit en ta possession.

Un sourire suffisant s'épanouit lentement sur le visage de Beckett.

— Tu mens bien…

Son père poussa un soupir dans lequel transparaissait une certaine fatigue. *Quel acteur hors pair !* pensa Beckett.

— Tu ne t'es jamais dit que je pouvais avoir envie de te protéger ?

— Non, répondit-il du tac au tac.

Cet homme ne savait pas ce que protéger voulait dire, comment aurait-il pu avoir envie de protéger qui que ce soit ?

— Tu vaux bien mieux qu'elle.

Beckett retint de justesse un grognement à la limite de l'avertissement et du rire sarcastique.

— Tu ne disais pas ça, hier soir… Au contraire, tu me félicitais d'avoir réussi à négocier un contrat aussi lucratif.

— Si c'est tout ce qu'il y a entre vous, alors tant mieux. Mais je te connais. Tu lui cours après depuis des jours sans penser à rien d'autre.

De nouveau, Beckett serra les poings. D'accord, il se doutait que son père le faisait suivre, mais là il en avait la confirmation !

— C'est la fille de Reginald Vaughn. Il ne lui a rien laissé en héritage. Tu te doutes bien que quelqu'un comme Vaughn n'a pas fait ça sans raison.

Un petit rire amer lui échappa cette fois. Son père l'avait bien jeté à la rue sur un coup de tête, tout était donc possible, non ?

— Elle a la réputation d'être fantasque. Certains se sont même demandé si elle n'était pas droguée. Rassure-moi, tu ne veux pas d'une telle mère pour tes enfants ?

Beckett s'esclaffa bruyamment. C'en était trop. Alyssa, fantasque ? Il avait été le seul témoin de ses rares moments de folie. Pour le reste du monde, elle était froide et posée.

Droguée ? C'était encore plus drôle. Son métier lui avait fait rencontrer toutes sortes de drogués, et Alyssa Vaughn n'avait rien à voir avec eux. Elle lui avait d'ailleurs bien dit que, le soir où son cocktail avait été trafiqué, c'était la première fois qu'elle touchait à de la drogue. Et encore, involontairement… Son père colportait des rumeurs, voilà tout.

Il se leva et fit un geste éloquent dans la direction de son père, qui lui rendit la pareille.

— Si tu fais quoi que ce soit avec ces photos, tu risques de te compromettre auprès de ton club. Or je sais à quel point c'est important pour toi. Tu peux toujours rêver pour nous extorquer quoi que ce soit !

Il se rapprocha de lui jusqu'à se tenir juste devant lui. Enfant, il lui semblait un véritable géant. Aujourd'hui, il ne voyait plus qu'un homme seul et triste.

Il se pencha vers lui.

— Ecoute-moi bien… Si tu te sers de ces photos pour faire du mal à Alyssa, je passerai le restant de ta misérable vie à te le faire regretter. Ne lui parle plus jamais, ne parle plus jamais d'elle, n'essaie plus jamais de l'approcher. Si jamais je te vois traîner dans ses parages, je te jure que je te colle mon poing dans la figure !

Sans attendre de réponse, il pivota sur ses talons et sortit du bureau. Il s'arrêta un court instant en passant la porte et, sans savoir pourquoi, jeta un dernier coup d'œil à son père. La lueur de souffrance et de regret qu'il vit briller dans ses yeux le remua profondément.

Mais non, ça ne pouvait pas être ça. Il avait dû se tromper. Son père ne connaissait pas ces émotions-là. Il était l'esclave de la convoitise et de la détermination, c'était tout.

Avant de sortir, il ne put malgré tout s'empêcher d'ajouter :

— Tu ne la connais pas…

— C'est quoi, cette embrouille ?

Alyssa regardait fixement sans le voir le téléphone posé au milieu de son bureau. Vance Eaton venait de lui annoncer qu'il n'achèterait pas leur application. Elle avait raccroché et la pièce tout entière s'était mise à tourner.

En apparence, elle était d'un calme inquiétant. Surnaturel, presque. En son for intérieur, la panique faisait rage.

Enfin, l'occasion était venue de mettre à profit des années de travail ! Elle était devenue maîtresse dans l'art de dissimuler ses émotions, aussi n'eut-elle pas à fournir le moindre effort. Elle se redressa, ramena les épaules en arrière et joignit les mains sur les genoux, le visage impassible. La pose était parfaite.

Mitch, lui, bouillait de rage. Mais sa colère n'arrivait pas à entamer le bouclier de glace d'Alyssa.

— Bon sang, qu'est-ce qui a bien pu se passer ? On s'est quittés hier soir en très bons termes ! C'était il y a moins de dix-huit heures !

Alyssa n'en savait pas plus que lui. De toute façon, au point où ils en étaient, comprendre la situation ne changerait rien. Une question bien plus urgente les attendait.

Ils avaient bien un autre acheteur, mais il était trop tard. Ils n'auraient pas l'argent assez rapidement, ils ne pourraient pas rembourser leur emprunt dans les temps.

C'était pour ça que l'Alyssa-des-neiges refaisait son apparition. Elle allait avoir besoin de toute l'indifférence dont elle était capable pour la prochaine étape.

Au moment où elle avait entendu les excuses d'Eaton, elle s'était résignée à son sort. Mitch aussi, visiblement. D'où sa rage. Il allait et venait dans le bureau, secoué de gestes nerveux. Sa peau bronzée presque rouge sous l'effet de la colère.

Soudain, il lança son poing de toutes ses forces contre le mur situé derrière le bureau.

Alyssa ne sursauta pas. Elle était trop empêtrée dans ses sentiments. On verrait ça plus tard. Pas maintenant.

Quelques instants plus tard, elle eut une autre raison de se féliciter d'avoir déployé ses couches de protection. Une raison qu'elle n'avait pas du tout anticipée.

La porte de son bureau s'ouvrit violemment, et le père de Beckett fit irruption, suivi de près par une Megan qui hurlait :

— Espèce d'idiot ! Je me fiche bien de qui vous êtes ! Qui vous a permis d'entrer ?

Kayne fit comme si Megan n'existait pas, ce qui n'arrangea rien à la situation.

— Je suis désolée, Lys, je n'ai rien pu faire, fit cette dernière en levant les bras au ciel, avant de les faire retomber lourdement à ses côtés.

Pauvre Megan, comment aurait-elle pu l'arrêter ? Kayne était homme à faire ce qui lui plaisait sans la moindre considération pour autrui.

Elle la rassura d'un geste de la main.

— Ne t'inquiète pas.

Elle n'avait aucune idée de la raison qui avait amené Kayne jusqu'à elle, mais les nouvelles risquaient d'être mauvaises. Elle l'avait trouvé foncièrement méchant et calculateur, la veille au soir, et elle aurait aimé pouvoir le jeter dehors. Mais elle prit sur elle. Elle avait tout intérêt à découvrir au plus tôt ce qu'il mijotait, tout en réfléchissant à la meilleure manière de le jeter dehors.

Mitch fit un pas en avant, son poing blessé couvert de sang en avant. Elle lui attrapa alors le bras et lui jeta un regard apaisant. Pas question que la situation empire.

— Monsieur Kayne, que puis-je faire pour vous ?

La bouche de son interlocuteur se tordit lentement en un sourire faux. Malgré ses couches de protection, Alyssa sentit son estomac se contracter sous l'effet de la peur viscérale que l'homme lui inspirait. Mais elle refusa de se laisser dominer par ses émotions.

— Ce serait plutôt à moi de faire quelque chose pour vous… Vous avez reçu un appel d'Eaton, je suppose ? Je vous propose un contrat légèrement différent de celui que vous aviez négocié avec lui. J'aimerais acheter vos deux applications.

Il se pencha vers la sacoche posée à ses pieds, qui avait

jusque-là échappé à Alyssa, et en sortit une liasse de papiers qu'il posa sur le bureau.

— Je suis certain que les termes vous conviendront. Je suis prêt à doubler l'offre d'Eaton et à vous offrir deux millions pour l'application concernant les réseaux sociaux. Nul doute que cela suffira à régler tous vos tracas, notamment cette méchante histoire d'emprunt. Mon banquier est prévenu, le virement peut être effectué dans l'heure.

Alyssa resta de marbre. Malgré l'épaisse moquette, elle entendit Mitch s'agiter derrière elle et piétiner nerveusement. Il avait le souffle court. Mais elle ne pouvait pas s'occuper de lui. Pas pour le moment. Elle avait besoin de toutes ses facultés mentales pour faire face au requin qui lui souriait de toutes ses dents.

L'offre était généreuse. Trop généreuse.

— Comment avez-vous eu connaissance de la teneur de notre contrat avec Eaton ? Et surtout, comment savez-vous qu'il n'est plus valable ? Je l'ai moi-même appris il y a moins de dix minutes...

L'horrible sourire de Kayne s'élargit, rappelant à Alyssa les méchants des dessins animés.

— Je préfère d'ordinaire garder mes sources secrètes, mais peut-être pourrez-vous interroger Beckett sur son rendez-vous de ce matin.

Elle accusa violemment le coup. Elle se sentit partir, et dut lutter de toutes ses forces pour ne pas céder à l'évanouissement.

Beckett l'aurait abandonnée pour retrouver Eaton et le faire revenir sur son accord ? Ce n'était pas possible ! A moins qu'elle ait laissé filtrer quelques informations au cours de la nuit précédente... Quelle idiote ! Beckett était décidément une belle enflure.

L'application était si importante que ça pour lui ? Tout son travail à elle ne pesait donc rien dans la balance ?

Elle ravala un rire amer. Bien sûr qu'il n'y avait que l'application. Pour Beckett Kayne, la fin justifiait les moyens.

Comment avait-elle pu se tromper sur lui à ce point ? La faute à son désir ?

Pourtant, elle avait senti entre eux une connexion qu'elle n'avait jamais éprouvée auparavant. Elle s'était sentie si proche de lui !

Ça ne pouvait tout de même pas être de l'auto-persuasion ? Elle n'aurait pas pu imaginer quelque chose d'aussi fusionnel, à moins que… à moins qu'elle ait déliré ? Désespérée, en manque d'amour et d'affection, elle se serait imaginé une nuit de folie à partir des souvenirs qu'elle avait de rencontres antérieures ?

Ça ne pouvait être que ça. Certes, Kayne père n'était pas quelqu'un de fiable, mais en attendant elle s'était réveillée ce matin sans personne à ses côtés. Beckett l'avait bel et bien abandonnée.

Il s'était servi d'elle. L'avait séduite et entraînée dans le plaisir avec une seule chose en tête : obtenir d'elle ce qu'il voulait.

En se moquant bien des conséquences.

Elle émergea lentement de ses pensées, plus déterminée que jamais à ne rien laisser paraître de ses émotions.

Il pensait l'avoir piégée, mais elle n'allait pas se laisser faire comme ça ! Certainement pas. Il aimait les surprises ? Il allait être servi ! La partie était loin d'être terminée. Elle avait encore de l'énergie à revendre.

— Dites-moi tout. Si cela vous convient, je serai votre interlocutrice pour la négociation de l'accord et la mise en vente de l'application, reprit-elle d'une voix nerveuse.

Kayne la dévisagea durement. Il essayait de l'acheter.

Il avait jeté son fils à la rue, et aujourd'hui il le protégeait. Et pas contre n'importe qui ! Contre elle !

Si elle ne s'était pas sentie aussi triste, elle aurait presque pu trouver ça drôle.

— Quelle belle action, en tout cas. Mais je ne comprends pas : Beckett n'a pas vraiment besoin qu'on le protège, il s'en sort plutôt bien tout seul, non ? C'est d'ailleurs ce que vous aviez en tête, quand vous l'avez jeté à la rue ?

Elle avait touché juste. Kayne marqua un temps d'arrêt. Elle vit sa bouche s'arrondir et sa peau artificiellement bronzée pâlir.

— Il vous a dit ça quand, exactement ?

Alyssa céda à ses penchants les plus bas et décida d'en rajouter. A son tour de le martyriser ! Il ne s'en était pas privé, la veille au soir.

Elle soutint son regard et répondit fièrement :

— Cette nuit. Je pensais que vous saviez que nous l'avions passée ensemble…

Derrière elle, Mitch fut pris d'une quinte de toux. Elle lui tendit la bouteille qui traînait sur son bureau sans quitter Kayne des yeux.

Lui aussi la fixait, et elle vit tout le mal qu'elle lui avait fait dans l'air vulnérable qu'il afficha soudain. Mais pas pour longtemps. Son expression glaçante reprit très vite le dessus, la plongeant dans l'effroi.

Elle se reprit aussitôt. Hors de question que cet homme, ce monstre, l'affecte à ce point ! Elle avait eu suffisamment à faire avec sa propre famille. Trop, c'était trop. Toute sa vie, elle avait voulu être aimée des siens. Elle n'allait pas battre en retraite aujourd'hui devant cet homme parce qu'elle aimait son fils !

Elle avait d'autant moins de raisons de le faire qu'elle aimait son fils. Sauf que le fils en question n'avait pas l'air de prendre ça trop à cœur, et semblait plutôt s'amuser à saborder sa vie et son travail...

— Je suppose que vous n'avez pas besoin d'un dessin, monsieur Kayne ? Nous ne sommes pas intéressés par votre offre. Ne remettez plus jamais les pieds ici. Vous n'avez eu besoin de personne pour trouver mon bureau, n'est-ce pas ? Vous ne m'en voudrez donc pas de ne pas vous raccompagner, le congédia-t-elle, en lui montrant la porte du doigt.

Elle le vit grincer des dents sous le coup de la colère. Il rassembla brusquement les documents qu'il avait posés sur son bureau.

— Vous allez le regretter.

Elle en doutait sérieusement.

— C'est possible, mais je ne vois pas en quoi ça vous regarde. Je mets un point d'honneur à ne pas travailler avec des connards de votre espèce.

— C'est vrai, vous préférez coucher avec...

Elle faillit s'étrangler de stupeur.

— Votre loyauté est tout à votre honneur, madame Vaughn, mais elle me semble mal à propos. Dans les affaires, le cœur n'a pas sa place, et Beckett est le premier à le savoir. Vous êtes un jouet entre ses mains. Il aime la nouveauté et la compétition. Il n'a aucun sentiment pour vous, soyez-en sûre... D'ailleurs, il vous tient toujours à sa merci avec cette histoire d'emprunt, non ?

Alyssa reçut de plein fouet son regard faussement compatissant. Sa pitié avait beau être hypocrite, elle l'atteignit en plein cœur. Il était décidément très fort.

Mais elle réussit à rester de marbre et à ne rien laisser paraître. Tout en souffrant intérieurement.

Cela lui coûtait de l'admettre, mais il avait raison.

Elle sentit soudain ses genoux trembler. Heureusement

que son bureau était là pour dérober sa faiblesse à la vue des autres ! Elle se renfonça dans son siège, se redressa et rendit à Kayne son regard. Une fois de plus, elle n'eut aucune peine à s'isoler dans son château de glace. Cela faisait longtemps qu'elle n'avait pas eu besoin de recourir à cette protection, et elle s'étonna presque d'y arriver aussi bien. Heureusement qu'elle l'avait ! Elle se serait sinon effondrée de chagrin depuis longtemps.

Il n'y avait rien de pire que les gens qui s'apitoyaient sur leur sort. Ça ne servait à rien. Et pourtant, à ce moment précis, comme elle aurait aimé pouvoir se plaindre !

Déçu par son absence de réaction, Kayne finit par tourner les talons, sans oublier de lui lancer une dernière petite pique pour la forme.

— Je me suis peut-être trompé sur votre compte, après tout. Vous avez l'air suffisamment sans cœur pour faire la paire avec Beckett.

Sans cœur ? Elle ? C'est vrai qu'elle faisait semblant de l'être depuis un certain nombre d'années et qu'elle allait visiblement devoir continuer sur cette lancée. Quel autre choix avait-elle, si elle voulait se sortir de cette mauvaise passe ? Tant pis si elle y laissait quelques plumes, c'était le prix à payer.

Chapitre 13

Quand Alyssa l'avait appelé pour lui proposer de venir dîner chez elle, Beckett s'était imaginé confusément tout un tas de choses, un plat de pâtes, une nuit torride passée à l'embrasser des pieds à la tête et à lui faire l'amour... Il ne s'attendait certainement pas un repas gastronomique servi à la lueur de chandelles dans des assiettes en porcelaine.

Fut un temps où il aurait paniqué. Mais pas ce soir. Pas avec Alyssa en face de lui, tout enveloppée de son halo doré.

Elle se tenait debout de l'autre côté de la table, ses mains posées sur le dossier d'une chaise. Ce détail aurait pu à lui seul lui mettre la puce à l'oreille, mais il était trop abasourdi — trop excité aussi — pour s'y arrêter.

Elle ne s'était pas changée et portait le chemisier ajusté et le collier de perles qu'il lui avait déjà vus au bureau. Elle avait simplement pris le temps de se mettre pieds nus, ce qui lui laissa le loisir d'admirer son vernis rose pâle. Quelques boutons de son chemisier étaient défaits, découvrant un soutien-gorge de satin rose qui brillait à la lumière des bougies.

Il fallait qu'il la touche !

Il se rapprocha d'elle en deux enjambées, la prit dans ses bras et l'embrassa à pleine bouche.

A bout de souffle, il finit par s'écarter d'elle pour la saluer d'une voix tendre.

Elle lui rendit son bonjour en l'affrontant du regard. Il lut la lueur de désir qui couvait dans ses yeux, persuadé que la même était visible dans les siens. Il suffisait qu'elle soit là pour que son corps se consume du feu de la passion.

Mais quelque chose dans sa voix le troubla. Une distance. Une hésitation.

Un mauvais pressentiment le saisit. Un frisson lui remonta le long de la colonne vertébrale, et ses épaules se nouèrent. Rien dans le comportement d'Alyssa n'était étrange, et pourtant quelque chose n'allait pas.

Il recula de manière à pouvoir l'étudier. Elle lui rendit son regard, mais il ne put rien y lire. C'était comme si elle portait un masque. Il en avait bien porté un, le soir de leur première rencontre, mais il avait fini par l'enlever. Or il ne voyait pas comment faire tomber celui d'Alyssa.

— Qu'est-ce qui ne va pas ? lui demanda-t-il d'une voix serrée par le désespoir.

— Tout va bien, lui répondit-elle aussitôt.

Trop rapidement.

Il resserra les doigts autour de ses épaules. Il savait qu'il la tenait trop fort, mais il n'arrivait pas à relâcher sa prise. Il la sentait lui échapper et ne comprenait pas pourquoi, ni comment l'en empêcher. Elle ne donnait même pas l'impression d'avoir mal.

Cela, plus que toute autre chose, le terrifia. Il avait l'impression qu'elle était de glace. Même sa peau était gelée !

Son cœur ratait battement sur battement. Elle allait lui annoncer que tout était fini, c'était certain ! Mais elle se pelotonna contre lui, appuyant sa poitrine généreuse contre son torse.

Il n'avait rien contre les femmes suffisamment libérées

pour savoir ce qu'elles voulaient et chercher à l'obtenir par tous les moyens mis à leur disposition. Dans d'autres circonstances, il aurait adoré se laisser séduire par Alyssa. Mais son geste était trop intéressé.

Il l'avait vue sous l'emprise de la passion. Il l'avait vue aveuglée de désir, juste avant de se laisser emporter par cette vague puissante.

Or, ce soir, il ne s'agissait pas de ça. Son corps répondait bien aux avances du sien, il sentait ses tétons durcir contre sa poitrine, mais c'était purement physique. Le cœur n'y était pas.

— Dis-moi, la supplia-t-il, profitant d'avoir encore un semblant de raison.

Il savait que, s'il se laissait aller à son désir, ils se retrouveraient tous les deux allongés par terre en moins de deux.

Quoique, en y réfléchissant bien… Après le réconfort qu'il avait connu la nuit précédente entre ses bras, il voulait plus qu'une simple alchimie sexuelle. Il la voulait tout entière, corps et âme.

Elle fit non de la tête.

Non sans peine, il se força à se défaire de son étreinte et à l'écarter de lui. Elle lui lança un regard chargé d'une telle souffrance qu'il faillit tout oublier et la reprendre dans ses bras.

Mais cela ne dura pas. L'instant d'après, ses yeux étaient de nouveau d'un froid mordant. Il la vit serrer les mâchoires.

— Oublie l'emprunt.

— Quoi ? demanda-t-il, complètement pris de court.

— Le remboursement de l'emprunt. Ne nous le demande pas maintenant. Laisse-nous la durée initialement prévue.

Il faillit lui répondre : « Oui, bien sûr, tout ce que tu voudras… » Mais il revint à lui juste avant que son désir ne réponde à sa place.

Il referma la bouche et jeta un regard à la ronde. Elle s'était visiblement donné du mal, mais il voyait clair dans son jeu.

Elle avait cherché à le piéger. Elle avait voulu le séduire pour obtenir ce qu'elle voulait de lui. L'idée était ingénieuse. Il la regarda, et découvrit au fond de ses yeux une lueur intéressée que sa douleur feinte n'arrivait pas à dissimuler.

Il continua à la regarder, en proie à la déception et à une colère froide.

Elle s'était bien foutue de lui !

— Beckett, je t'en prie, ne me fais pas ça, pas à moi, pas à ma société. J'ai tout sacrifié pour V & D. Ne me l'enlève pas. Si tu tiens un minimum à moi..., commença-t-elle, mais ses mots sonnaient faux.

Elle se forçait à les prononcer calmement, mais arrivait mal à dissimuler son dégoût.

Il éclata d'un rire horrible, qui lui fit mal aux oreilles. S'il tenait un minimum à elle ? Il l'aimait, bon sang ! Tandis qu'elle ne pensait qu'à une chose : obtenir ce qu'elle voulait de lui. Elle l'avait traité de quoi, déjà ? De requin ? Elle-même n'était pas mauvaise dans le genre...

Malheureusement pour elle, elle était meilleure programmatrice qu'actrice. Elle s'était éloignée de lui et avait croisé les bras, dans une attitude qui montrait à quel point elle voulait se prémunir de lui. C'était donc ça... Elle n'avait jamais voulu de lui.

Il n'était pas assez imbu de sa personne pour s'imaginer que toutes les femmes qu'il rencontrait tombaient sous son charme. Il s'était déjà fait refouler. Mais c'était la première fois qu'il en souffrait autant. La trahison d'Alyssa était cuisante. Il s'était livré à elle, lui avait tout dit. Il avait vécu pour sa part une expérience sexuelle et émotionnelle incroyable. Mais tout ça n'avait manifestement été que du vent.

— Pourquoi tu es revenue, Alyssa ? Pourquoi tu m'as laissé te ramener chez moi ? Au bal, tu as dit que tu ne voulais jamais me revoir. La nuit d'après, tu viens chez moi, tu te déshabilles et on passe une nuit de folie. Qu'est-ce qui s'est passé ?

— Je…

Il vit sa bouche s'ouvrir et se fermer, comme le font les poissons laissés trop longtemps à l'air libre. Ou les menteurs en panne d'inspiration.

— C'était pour l'emprunt ?

Il aurait tellement voulu qu'elle lui dise non. Alors que sa raison le poussait à la couvrir d'insultes pour se protéger, son cœur en était encore à la supplier d'éclaircir ce qui ne pouvait être qu'un malentendu.

Mais elle ne répondit rien, et continua à le regarder de ses grands yeux vides.

Dire qu'il avait failli se faire avoir ! Il avait même demandé à ses avocats de préparer les papiers relatifs à l'annulation de l'emprunt.

Elle pouvait toujours courir, maintenant !

— On pourra dire ce qu'on veut, Alyssa, mais j'ai rarement vu quelqu'un d'aussi dévoué à son travail que toi.

Il secoua la tête, essayant de calmer le tourbillon d'émotions qui le submergeait.

Il se sentait utilisé. Trahi. Anéanti. Brisé.

La dernière fois remontait à longtemps. A ses quatorze ans. Son père avait vraiment le sens du timing ! Dire qu'il l'avait le matin même mis en garde contre la situation… Il serra les poings et recula d'un pas. Il était plus que temps de partir.

— Je suppose que ça veut dire non ? lança Alyssa en serrant les bras autour d'elle.

— Non, en effet. Je ne te ferai pas cadeau de l'emprunt. Les affaires sont les affaires.

Il prononça ces mots avec détachement, mais le poison de l'amertume commençait à lui ronger les entrailles.

— Seuls les résultats comptent, c'est ça ? lança-t-elle, sa jolie bouche tordue en une vilaine grimace.

— C'est ça.

Cédant au besoin de la faire souffrir à son tour, il se rapprocha brusquement d'elle. Il lui caressa doucement la joue avant de murmurer, sa bouche à deux doigts de la sienne :

— On aura tous les deux échoué à piquer l'argent de l'autre…

Alyssa avait l'impression que la douleur qui lui ravageait la poitrine ne cesserait jamais. Mais elle n'avait pas le temps de s'en inquiéter. Ce n'était pas le moment. Pas alors que sa société était loin d'être hors de danger et que Beckett risquait de sortir vainqueur de la lutte qui les opposait.

Elle n'avait plus le choix. Elle avait tout fait pour y échapper, mais elle ne pouvait plus l'éviter. Bridgett.

Elle n'était pas peu fière de n'avoir jamais demandé le moindre centime à son père ou à sa belle-mère, après avoir quitté le domicile familial.

Dire qu'elle s'en était sortie toute seule pendant tout ce temps-là ! Se retrouver aujourd'hui dans une telle situation en était d'autant plus pénible… Certes, Beckett y était pour beaucoup dans leurs malheurs, mais la faute initiale en revenait malgré tout à Mitch et à elle. Pourquoi avaient-ils été aussi peu prudents en faisant cet emprunt ?

La trahison de Beckett la mettait à l'agonie. Elle ne s'y attendait pas. Elle avait tellement travaillé à se protéger de tout ! Il avait suffi d'une nuit, d'une erreur, pour que ses défenses patiemment élaborées s'écroulent et qu'elle se retrouve aussi vulnérable qu'un nouveau-né.

Ah, il n'avait pas attendu pour profiter de la situation : il avait d'un seul mouvement fait main basse sur elle et sur Watch Me, son application !

Bon sang, comment avait-elle pu se laisser avoir par un type pareil ? Un type cruel et dangereux... Pour le frisson ? La transgression ? La nouveauté ?

Quelle idiote !

Voilà où ça l'avait menée : à devoir en appeler à la personne qui se délectait le plus de ses malheurs. Bridgett ne manquerait pas de lui servir son « je te l'avais bien dit », sa phrase préférée.

Elle fit la grimace et ferma les yeux quelques secondes. Elle aurait tant aimé rester ainsi et prétendre que tout ça n'était qu'un rêve ! Mais elle n'allait pas abandonner pour si peu. Elle allait prendre sur elle et rebondir. Elle n'en était pas à son premier coup dur. Un mauvais souvenir de plus ou de moins, quelle importance ?

Son portable sonna, la sortant de ses sombres pensées. Elle jeta un coup d'œil à l'écran et poussa un grognement irrité. Mitch. Autant décrocher, il ne la lâcherait pas.

— Oui ?

— Megan m'a dit que tu ne viendrais pas au bureau aujourd'hui. Tu es où, là ?

Son ton laissait entendre qu'il en avait une petite idée, mais espérait encore se tromper.

— A ton avis ? En route pour chez Bridgett.

Un silence lui répondit. Un silence si pesant qu'elle se sentit oppressée.

Mitch finit par reprendre la parole. Lui plus que quiconque savait combien ce geste lui coûtait. Il avait été un des témoins privilégiés du mal que Bridgett lui avait fait.

— Tu n'es pas obligée de le faire, tu sais.

— Si.

— On peut s'en sortir autrement, Lys.

— Et comment, Mitch ? Ou plutôt, quand ? On a déjà fait une tentative, qui s'est soldée par un échec. Il ne nous reste pas beaucoup d'options. Ne t'inquiète pas, je m'en remettrai.

— Je peux venir avec toi, au moins ? Tu n'as pas à le faire seule.

Au contraire, il fallait qu'elle soit seule. Si Mitch l'accompagnait, elle n'arriverait pas à recourir à la carapace de glace sur laquelle elle comptait, pour survivre à la prochaine heure.

— J'y suis presque, je ne vais pas faire demi-tour maintenant, lui dit-elle, alors qu'elle venait de partir de chez elle. Je t'appelle en rentrant.

Elle sentit à son silence à quel point il était frustré et inquiet, mais elle avait d'autres soucis en tête.

— Je ferais tout pour te sortir de cette situation, Lys.

— Je sais.

— Tu es vraiment une enflure, Kayne !

Beckett manqua tomber à la renverse. Quand il avait vu le numéro de V & Ds'afficher sur l'écran de son portable, son cœur avait fait un bond dans sa poitrine. Alyssa l'appelait !

Sauf que ce n'était pas elle. C'était son partenaire.

Il perdit un temps précieux à essayer de raccrocher les wagons. Sans grand succès.

— Quoi ?

— Tu sais ce qu'elle est en train de faire ?

— Non.

— Elle est partie demander de l'argent à sa belle-mère pour pouvoir te rembourser l'emprunt.

— Oh non…

S'il acceptait l'idée qu'Alyssa ne l'avait pas mené en bateau depuis le début, la situation était critique.

— Comme tu dis, gronda Mitch. Elle t'a appris que ton enflure de père était venue nous voir, hier ?

— Non.

Elle ne lui avait rien dit. Ce qui l'embêtait, quand bien même il n'aurait pas su dire pourquoi. Après tout, elle ne jouait pas franc jeu avec lui depuis le début, alors pourquoi s'offusquait-il de ce détail ?

Mais, plus que de l'irritation, c'était de la colère qu'il ressentait. Son père avait superbement ignoré son avertissement. Il avait traité Alyssa comme il avait traité toutes les autres.

— Je suppose que tu ne sais pas non plus qu'il nous a fait une offre astronomique pour Watch Me et l'application que nous devions vendre à Eaton pas plus tard qu'hier. Une offre qui nous aurait largement permis de rembourser notre emprunt.

Il l'ignorait, en effet. En même temps, Alyssa n'allait pas non plus lui parler de la manière dont elle pensait solder ses comptes avec lui.

Mais… Si, jusqu'à hier, elle comptait sur cette offre…

Etait-il possible qu'elle n'ait à aucun moment cherché à profiter de lui ?

Pour la première fois depuis son départ précipité de la veille au soir, la douleur cuisante qu'il ressentait dans tout son être reflua. Il y avait encore un espoir !

Il s'affala sur sa chaise, immensément soulagé. Mais, aussitôt, un sentiment d'alarme le saisit. Il avait tout gâché !

Ses mauvaises expériences passées l'avaient empêché d'avoir une autre lecture de la situation. Il avait rejeté Alyssa douze ans plus tôt, résolu à suivre un autre chemin que celui de son père, résolu à ne pas se servir des gens à ses propres fins. Et, quand il avait cru qu'elle avait inversé les rôles et cherché à l'utiliser, il en avait eu le cœur brisé. Mais la douleur avait rapidement cédé le pas à la colère.

Heureusement, il avait la solution. Il allait tout arranger. Quelle chance qu'il n'ait pas encore demandé à ses avocats d'invalider l'annulation du remboursement de l'emprunt !

— Elle a décliné l'offre de mon père ? Avant ou après que l'accord avec Eaton tombe à l'eau ?

Il entendit un toussotement irrité à l'autre bout de la ligne, mais il ne s'excusa pas. Il avait besoin de savoir.

— Après.

Il ferma les yeux comme pour mieux savourer le moment.

— Donc, elle pensait vraiment que j'annulerais le remboursement…

— Pas vraiment, mais elle a toujours eu un filet de sécurité. J'aurais préféré qu'elle n'ait pas à s'en servir, je sais combien ça va lui coûter. Beaucoup trop. Mais c'est notre dernier recours. Si tu la laisses aller mendier de l'argent à Bridgett, Kayne, c'est vraiment que tu es le dernier des…

— Ça ne va pas se passer comme ça, le coupa-t-il. Je vais tout arranger.

Il raccrocha avant que Mitch n'ait eu le temps de répondre. Il avait des coups de fil à passer de toute urgence. Il n'aurait pas le temps de rattraper Alyssa s'il passait au bureau : quelqu'un allait devoir lui apporter les papiers.

Il voulait les avoir avec lui lorsqu'il serait en présence d'Alyssa. Vu ce qui s'était passé la nuit précédente, il était tout à fait envisageable qu'elle refuse de lui parler.

Chapitre 14

Alyssa conduisait dans les limites de vitesse autorisées. Ce n'était pas tant par prudence ou respect des lois. Il lui était tout simplement impossible de peser davantage sur sa pédale d'accélération.

Même sa voiture semblait rechigner à faire le trajet. Elle pouvait bien conduire lentement, ça ne l'empêcherait pas d'arriver. Et c'était là que ça se corsait.

Elle sentit sa carapace d'indifférence se refermer tout autour d'elle au fur et à mesure qu'elle approchait de la maison de son enfance. Elle reconnut le frisson familier. Pour une fois, cet engourdissement était le bienvenu, aussi se donna-t-elle entièrement à lui.

La longue allée se déroula bientôt devant elle. Cette vue raviva son angoisse, mais elle essaya de se maîtriser. Elle ne put cependant empêcher une série de souvenirs malheureux, de réactions figées et d'habitudes destructrices de lui revenir en mémoire.

Ses épaules se tendirent. Son cou se raidit et elle sentit son dos se crisper. Une douleur sourde s'installa juste derrière ses yeux.

De gigantesques érables bordaient les deux côtés de l'allée à intervalles réguliers. En plus de faire de l'ombre, ils dissimulaient la maison aux yeux des passants. Du temps où Bridgett n'avait pas encore découvert sa cachette, elle passait des étés entiers dans ces arbres. Elle se lovait au creux de leurs branches et lisait des heures durant des histoires dans lesquelles les gentils l'emportaient toujours sur les méchants, et les petites filles étaient aimées et désirées.

Au bout de l'allée sinueuse, elle eut la mauvaise surprise de découvrir une BMW décapotable bleu layette garée devant la maison. Comme si elle avait besoin que Mercedes assiste à son humiliation !

La situation pouvait difficilement être pire.

Elle sortit de sa voiture, claqua la portière et se planta devant son ancienne maison.

C'était une vaste villa à colonnades, haute de trois étages. Les anciens propriétaires avaient dû se séparer des terres alentour pour pouvoir la garder ; dernièrement, une société les avait rachetées pour les besoins d'une attraction touristique.

Elle aurait pu aimer cette maison chargée d'histoire. Peut-être l'avait-elle aimée en un lointain passé. Mais, aujourd'hui, les mauvais souvenirs l'emportaient de loin sur les bons. Les manipulations cruelles de sa belle-mère. Le rejet brutal de son père. L'abandon de sa mère. Le pouvoir, l'argent, la cupidité... C'était ce que cet endroit représentait désormais pour elle. Ça, et une faim insatiable que rien ni personne ne semblait pouvoir combler.

Peut-être serait-elle un jour en mesure d'avoir pitié de Bridgett, mais pour le moment elle avait assez à penser avec la confrontation qui l'attendait.

Absorbée dans la contemplation de l'extravagante façade, elle fut soudain frappée par la ressemblance entre Bridgett et Beckett. Tous les deux se battaient bec et ongles pour combler le vide de leur vie avec de l'argent et des possessions matérielles. Quelle ironie du sort ! Elle était tombée amoureuse d'un homme qui incarnait précisément tout ce qu'elle cherchait à fuir.

A cette différence que Beckett s'était montré plus doué que Bridgett. Son art du mensonge, son charme et sa sensualité avaient été des plus convaincants.

Mais alors, pourquoi souffrait-elle plus de sa trahison à lui ?

Sans doute parce que Bridgett n'avait jamais prétendu l'aimer. A l'inverse de Beckett, qui l'avait séduite et convaincue que oui, enfin, quelqu'un voulait bien d'elle.

Au moins, il n'avait pas été cruel. D'accord, il s'était servi de son manque affectif et de ses fantasmes mais, aux moments où elle avait été la plus vulnérable, il l'avait protégée.

C'était déjà bien, non ? Elle secoua la tête comme pour s'éclaircir l'esprit. Elle ne voulait plus penser à lui. Ça ne la mènerait nulle part.

Elle appuya les mains sur le toit de sa voiture et mesura du regard l'étendue qui la séparait de la volée de marches menant à la porte d'entrée. Et ne put s'empêcher de grimacer. Elle allait devoir mieux se maîtriser, si elle voulait que son amour-propre ressorte intact de cette entrevue !

Bridgett était un vrai requin : quelques gouttes de sang versées et on pouvait être sûr de la voir arriver, faire de petits cercles autour de sa proie, la taquiner et enfin lui porter le coup de grâce !

Alors qu'elle parvenait enfin à laisser sa voiture et à marcher vers la maison, un bruit étrange lui parvint. Elle s'immobilisa et jeta un regard derrière elle. Une voiture arrivait à toute allure.

Heureusement pour elle, elle eut le réflexe de reculer.

La Maserati de Beckett débuba en trombe sur le parking

et s'immobilisa au bas des marches dans un crissement de pneus. Elle était coincée.

Elle vit alors Beckett s'éjecter de son siège et se précipiter vers elle, sans prendre le temps de couper le moteur ni de fermer sa portière. Par-delà l'effet de surprise, quelque chose qui ressemblait un peu trop à de l'espoir s'alluma en elle.

— Qu'est-ce que…, commença-t-elle, mais Beckett ne lui laissa pas le temps de finir sa phrase.

Il la prit dans ses bras et la serra fort contre lui, joue contre joue, en une étreinte pleine de tendresse et de violence contenue.

Elle en eut le souffle coupé. Ses poumons s'étaient vidés au moment de l'impact avec le corps musculeux de Beckett et, maintenant que toutes les tensions dont elle s'était servie comme d'un bouclier se relâchaient, elle n'arrivait pas à reprendre sa respiration.

Elle sentit que ses yeux la picotaient et s'embuaient.

Beckett finit par la lâcher et par s'écarter de quelques pas. La tête tournée vers lui, elle n'attendait qu'une chose, qu'il l'embrasse. Elle ne voulait que ça. Au lieu de quoi, il la prit par la main et l'amena à sa voiture.

Il se pencha sur le siège passager et ramassa une liasse de papiers, qu'il lui tendit aussitôt. Son geste avait été si rapide qu'elle n'arriva pas à lire l'en-tête.

— J'ai demandé hier à ce que ces papiers soient établis. C'est pour ça que je t'ai laissée seule. Et aussi pour aller voir mon père à propos des photos.

— Tu n'es donc pas allé voir Eaton pour ruiner l'accord qu'on avait ?

Il eut l'air si abasourdi par sa question qu'elle sut qu'il était sincère.

— Pardon ? Je ne savais même pas que vous aviez un

accord. J'ai bien croisé Eaton, mais par hasard. Il sortait du bureau de mon père.

— Mais ton père m'a dit… Evidemment ! Il m'a laissé entendre que c'était toi qui avais ruiné notre accord, alors que c'était lui.

Elle ferma les yeux, partagée entre la colère, l'amertume et le soulagement.

— C'est bien son genre, fit Beckett en hochant la tête. Mais peu importe. C'est terminé, tout ça. Ces papiers annulent l'emprunt dans son intégralité, reprit-il en lui collant les feuilles sur la poitrine et en les bloquant avec son bras.

— Attends… Quoi ?

— L'emprunt. Il est nul et non avenu. Tu peux l'oublier.

— Ce n'est pas possible ! fit-elle, en secouant la tête et en fronçant les sourcils.

— Si.

Elle aurait aimé être au comble du bonheur, mais ce n'était pas le cas.

— Tu peux te garder ta pitié, Beckett Kayne ! Et ton argent aussi. Je suis tout à fait capable de faire tourner ma boîte toute seule. Je n'ai pas couché avec toi pour que tu me fasses l'aumône.

Elle essaya de lui rendre les papiers, comme si les éloigner d'elle lui permettait d'oublier leur existence.

Elle vit qu'il la regardait d'un air tendre. Il lui caressa gentiment les bras, et ce geste la réconforta un peu.

— Je viens de comprendre à quel point j'avais besoin de te l'entendre dire. Maintenant, j'en suis convaincu. Hier, j'ai laissé mes peurs m'aveugler. Je n'ai jamais rien ressenti d'aussi fort que ce que je ressens pour toi, Alyssa. C'est pour ça que je panique complètement. Tu ne peux pas savoir ce que ça fait de se sentir aussi vulnérable à cause de l'amour et du désir que l'on a pour une personne, lui avoua-t-il d'une voix grave qui la toucha droit au cœur. Pourquoi tu ne m'as rien dit, pour Eaton et mon père ?

Elle essaya d'analyser toutes les informations que ces quelques mots venaient de lui fournir. Il l'aimait ! La désirait ! Elle se sentit perdre pied, tout à l'euphorie et à l'espoir du moment. Pourquoi sentait-elle encore en elle un soupçon d'appréhension ?

Beckett la regardait avec la même intensité qu'au premier soir. Comme si les murs qu'elle avait élevés autour d'elle pour se protéger ne lui étaient rien. Comme s'il voulait n'en faire qu'une bouchée et prendre soin d'elle.

Si elle acceptait sa déclaration, elle devrait lui faire confiance. Ce qui revenait à s'exposer, physiquement — mais c'était encore le plus simple —, émotionnellement et mentalement.

Survivrait-elle à un nouveau rejet, si elle décidait de lui accorder sa confiance ?

Il sembla sentir la panique qui la submergeait. Il posa la main dans son dos et la serra contre lui. Elle sentit son érection et en eut l'eau à la bouche. Il était tellement sexy… Une fois de plus, le désir s'abattit sur elle, aveugle à tout ce qui l'entourait, et le reste du monde commença à s'estomper.

Il était à ses côtés, prêt à la protéger, ce que personne n'avait jamais fait pour elle. Même des années plus tôt, quand il l'avait rejetée, il avait eu de bonnes raisons de le faire. Beckett Kayne pouvait bien paraître cruel et froid aux yeux des autres, elle savait que ce n'était qu'une façade.

Il lui prit le menton entre les doigts et lui fit tourner son visage vers lui. Ses yeux la transpercèrent de leur clarté sans pareille. Il lui avait fait confiance, depuis le début. S'était dévoilé, alors qu'il était plutôt du genre secret. Et elle, que lui avait-elle donné en échange ? Rien. Et elle continuait à lui cacher des choses. Et elle en avait assez.

Elle fut heureuse de sentir sa détermination s'affermir. Il était temps. Elle n'en pouvait plus de dissimuler sa personnalité et ses désirs. D'anticiper sur tout ce qu'elle faisait par crainte du jugement des autres.

Elle voulait que Beckett soit partie intégrante de sa vie et était prête à se battre pour ça, contre elle-même s'il le fallait.

Malgré tout, elle ne put s'empêcher de lui demander :

— Tu m'aimes ?

Un sourire malicieux tordit ses lèvres si singulières. Il fit glisser ses doigts le long de sa joue, puis de sa gorge, la chatouillant au passage.

— La vie n'a pas été tendre avec moi, on peut dire que j'en ai vu de belles. Toi aussi. On est tous les deux un peu cabossés, mais je sais reconnaître ce qui est bon pour moi. Et tu es la meilleure chose qui me soit jamais arrivée, Alyssa Vaughn. Tu parles que je t'aime !

— Moi aussi, je t'aime, souffla-t-elle, la voix étranglée par l'émotion.

Elle se mit sur la pointe des pieds, plongea les doigts dans ses cheveux et l'attira à elle. Ils parleraient de l'emprunt plus tard… et elle ne négligerait aucun des moyens à sa disposition pour obtenir ce qu'elle voulait. Elle forcerait Beckett à accepter qu'elle le rembourse. Et, s'il refusait, il aurait droit à des parts dans sa société, qu'il le veuille ou non.

Mais, pour l'instant, ils avaient d'autres chats à fouetter. Comme à chaque fois que leurs corps se touchaient, la passion explosa. Langues, lèvres, bouches se joignirent en un baiser dévorant, destructeur et divin. Elle oublia tout. Où elle se trouvait. Qui pouvait les voir. Seul Beckett importait. La façon dont il la regardait, comme si elle était ce qui comptait le plus au monde pour lui.

Une voix traînante, à la fois douce et cultivée, retentit soudain au-dessus d'eux.

— Je demande au jardinier de m'apporter le tuyau ?

Beckett s'écarta d'elle, mais continua à couvrir son visage de baisers, comme s'il voulait à tout prix maintenir le lien entre eux. Elle vit ses yeux briller de joie et de dévouement. Il répondit à la voix sans la quitter des yeux :

— Pas la peine.

— Peut-être serais-je plus encline à vous croire si vous daigniez vous écarter de ma belle-fille.

Le regard de Beckett se durcit et se détourna d'elle un bref instant. Aïe !

Elle pensa qu'il allait lui clouer le bec. Au lieu de quoi, il se redressa et la serra tout contre lui, comme pour mieux la protéger.

— Alyssa, tu peux me dire ce que tu fais à fricoter avec un inconnu en plein milieu de mon allée ? N'importe qui pourrait te voir. Ce qui n'a pas l'air de t'inquiéter plus que ça, naturellement. Serait-ce trop te demander que de choisir un autre cadre à tes ébats, à l'avenir ?

Alyssa sentit la colère gagner Beckett. Elle posa la main sur sa poitrine et chercha à l'apaiser.

— Calme-toi.

Puis elle dirigea son regard sur la femme qui se tenait en haut de la volée de marches. Ses cheveux blond platine et son brushing — Bridgett dépensait des sommes folles chez le coiffeur — étaient parfaits : un rouleau impeccable lui tombait juste au-dessus des épaules. La peau de son visage était tendue, moins par l'inquiétude que par le bistouri des meilleurs chirurgiens plastiques du pays. Sa taille était fine, sa poitrine ferme et galbée. La moindre trace de cellulite sur ses cuisses avait depuis longtemps été liposucée.

Elle portait un pantalon de créateur et un haut fluide décoré de motifs floraux ; de magnifiques bracelets, un collier et des boucles d'oreilles en diamants et saphirs étincelants parachevaient le tableau. Elle avait les poings sur les hanches. Alyssa vit derrière elle la silhouette de Mercedes, tout aussi impeccablement coiffée que sa mère. Elle eut un sourire hypocrite et prit la parole :

— Malheureusement pour toi, Bridgett, cette maison est beaucoup plus la mienne que la tienne. Il serait grand temps que je me l'approprie, non ?

Elle la vit entrouvrir ses lèvres refaites, comme si l'air lui manquait. Des petites rides de mécontentement apparurent ici et là sur son visage. Elle aurait pu enfoncer le couteau dans la plaie en enchaînant sur les ravages de l'âge, dont aucune fortune ne viendrait jamais à bout, mais elle n'était pas assez cruelle pour ça.

— C'est donc uniquement pour être grossière que tu es venue me voir ?

La question la prit complètement par surprise. Elle s'agita et se creusa la tête pour trouver une raison plausible à sa venue, maintenant qu'il n'était plus question de lui emprunter de l'argent.

Une fois de plus, Beckett fut plus rapide qu'elle.

— Pas du tout. C'est moi qui lui ai demandé de me présenter à sa famille. Mais je vous avoue que je suis en train de le regretter. Ma chérie, tu avais raison quand tu disais que c'était une idiote inintéressante, conclut-il en reportant son regard sur elle et en la contemplant amoureusement.

Bridgett faillit s'étouffer d'indignation.

Alyssa fut aussi surprise que sa belle-mère. Mais cela ne dura pas longtemps. Rapidement, elle se sentit gagnée par un fou rire irrépressible. Fou rire qui éclata au grand jour quand Beckett lui sourit d'un air entendu, plein de malice.

Un vrai garnement !

Et c'était ce qui lui plaisait. Plus que tout. Elle n'avait jamais voulu d'une vie rangée.

Il fondit soudain sur elle et elle se retrouva adossée contre la Maserati, dont le moteur tournait encore. A l'instar de la voiture, elle se sentit vibrer d'un désir puissant, inextinguible.

Au moment où il se penchait sur elle pour l'embrasser, il suggéra d'une voix on ne peut plus calme :

— Si vous ne voulez pas me voir embrasser votre belle-fille, vous feriez mieux de nous laisser.

Alyssa secoua la tête et, l'attrapant par les oreilles, l'attira à elle.

— Qu'est-ce que je vais bien pouvoir faire de toi ? murmura-t-elle contre ses lèvres tentatrices.

— M'aimer ? suggéra-t-il avec une lueur d'espièglerie dans le regard.

— Oh que oui ! A deux cents pour cent. De tout mon cœur et de toute mon âme.

Derrière eux, la porte d'entrée claqua.

Alyssa se laissa alors aller à l'extase que le voisinage de ce corps ne manquait jamais de susciter.

Quelques instants plus tard, un bruit émergea du brouillard béat dans lequel elle nageait. Le bruit de talons claquant sur des marches.

Elle se dégagea de l'étreinte de Beckett et jeta un coup d'œil pour voir qui profitait du spectacle de leurs ébats.

Mercedes ! Sa sœur, qui avait six ans de moins qu'elle, se tenait de l'autre côté de la voiture. Elle rayonnait de la beauté de sa mère — du temps où celle-ci n'était pas encore entièrement refaite — et de la discrète élégance de son père.

Mercedes avait toujours été magnifique.

Alyssa se raidit. Elle ne savait pas vraiment à quoi

s'attendre. Elles n'avaient jamais été très proches. Bridgett avait tout fait pour qu'un fossé les sépare.

— Je suis contente que tu ailles bien, Alyssa, lança timidement Mercedes d'une voix douce.

Ses yeux, d'un vert plus soutenu que les siens, brillaient d'une affection sincère.

Pour la première fois de sa vie, Alyssa se demanda si elle n'était pas passée à côté de l'occasion de connaître sa sœur simplement parce qu'il avait été plus facile de la mettre dans le même sac que sa mère.

Elle repoussa gentiment Beckett et lui fit face.

— Merci, Mercedes. C'est très important pour moi.

Les yeux de Mercedes s'illuminèrent alors d'une lueur d'espoir. Mais elle détourna rapidement le regard et se mit à contempler la surface brillante du capot de la voiture. Elle hésita quelques instants et finit par reprendre, ses yeux faisant des va-et-vient entre la voiture et elle :

— Je… je serais ravie de pouvoir déjeuner avec toi un de ces quatre. Je suis à l'université Tulane, je termine l'année prochaine.

Dire qu'elle ne savait même pas que sa petite sœur allait à la fac…

— Avec plaisir ! répondit-elle aussitôt.

Elle était ravie. Décidant de faire confiance à son instinct, elle la prit dans ses bras. Mercedes hésita une demi-seconde avant de la serrer contre elle. Puis elle remonta lentement les marches qui menaient à la maison. Mais elle souriait maintenant avec tant d'intensité que tout son visage en était comme éclairé.

Juste avant de disparaître à l'intérieur, elle leva les yeux au ciel et lança :

— Je ferais mieux de rentrer, si je ne veux pas me faire passer un savon !

Abasourdie, Alyssa continua à fixer la porte longtemps après qu'elle se fut refermée sur sa sœur.

Puis elle se tourna lentement vers Beckett. Il se tenait à côté d'elle, les mains dans les poches, et la regardait.

— Qu'est-ce qui s'est passé ?

— Qui sait ? En tout cas, ça a l'air de s'arranger non ? répondit-il en haussant les épaules et en souriant.

— On dirait bien.

— Viens là…

Elle se pelotonna contre lui. Appuyant son visage contre son épaule, elle lui demanda :

— Tu étais sérieux, tout à l'heure ?

— On ne peut plus sérieux. Je t'aime, Alyssa, et je veux passer le restant de mes jours à te regarder, à te toucher, à tout partager avec toi. Je ne veux pas te presser, mais c'est la vision que j'ai de mon futur, lui répondit-il, en lui caressant les cheveux et en la serrant plus fort contre lui.

Ils avaient la même !

Elle chercha ses lèvres et l'embrassa longuement, avec douceur et passion.

— Je n'ai jamais rien éprouvé d'aussi fort pour personne, Beckett. Je crois que je suis tombée amoureuse de toi dès le tout premier soir, au moment précis où je me suis retournée et où je t'ai vu me regarder à travers la fenêtre.

— J'espère bien ! En tout cas, c'est à ce moment-là que tout a commencé pour moi. Te regarder était loin d'être suffisant. D'ailleurs, je ne suis pas sûr qu'une vie à te regarder me suffise.

Il lui sourit et ajouta :

— Enfin, on verra bien…

La collection *Sexy* s'arrête ici !

À cette occasion redécouvrez les 5 coups de coeur ainsi que l'intégralité des romans de la collection sur notre site internet www.harlequin.fr

Vous pourrez retrouver des contenus plus sexy que jamais très prochainement dans la collection